GW00725879

UN FEU DEVORE UN AUTRE FEU

Né à Angers (Maine-et-Loire) en 1911, Hervé Bazin est élevé par sa grand-mère. Il connaîtra tardivement ses parents. Après des études mouvementées (précepteurs, six collèges), on l'inscrit à la Faculté catholique de Droit d'Angers, mais il la quitte, se brouille avec les siens, « monte » à Paris où il fait une licence de lettres en travaillant pour vivre et il commence à écrire.

Journaliste (L'Echo de Paris), critique littéraire (L'Information), il publie d'abord des poèmes qui lui vaudront le Prix Apollinaire. Mais la notoriété lui vient avec son premier roman Vipère au poing qui remporte un succès immédiat et considérable. Depuis lors, ses ouvrages — notamment La Tête contre les murs, Qui j'ose aimer, Le Matrimoine, Au nom du fils, Madame Ex — recueillent l'audience d'un vaste public.

Proclamé en 1955 « le meilleur romancier des dix dernières années », lauréat en 1957 du Grand Prix littéraire de Monaco, Hervé Bazin, membre de l'Académie Goncourt depuis 1958, en est aujourd'hui le président.

Le lieu ? Un de ces pays du « nouveau continent » où l'on parle un espagnol différent du castillan de lycée. L'époque ? La nôtre, à l'heure où les militaires renversent le parti populaire au pouvoir et traquent ses plus humbles fidèles comme ses têtes d'affiche.

A cette heure même où les blindés sillonnent la ville, le sénateur Manuel Alcovar se trouve coincé dans une église avec Maria Pacheco qui l'a entraîné là pour assister au mariage de sa demi-sœur Carmen.

Il rage, Manuel, de n'avoir pas combattu avec les siens. Maintenant, s'il veut survivre, il doit se terrer. Où ? Maria, dont la famille — toute la noce — a été fauchée par un char, Maria, qui n'a plus que lui, l'emmène vers l'ambassade de France. Trop tard pour y entrer. Mais l'attaché culturel, Olivier Legarneau, les cache à son domicile.

Dans leur asile précaire commence pour Manuel et Maria une longue réclusion qui, malgré une fin tragique, sera transfigurée par l'amour.

Si pour l'action et le décor le récit s'apparente à *Pour qui sonne le glas ?* d'Hemingway, la critique n'y a pas découvert sans raison une version moderne de *Roméo et Juliette*.

ŒUVRES DE HERVÉ BAZIN

HERVÉ BAZIN
DE L'ACADÉMIE GONCOURT

Un feu dévore un autre feu

ROMAN

ÉDITIONS DU SEUIL

© *Éditions du Seuil*, 1978.

Le sang, Créon, doit assurer la pourpre. Qu'il s'agisse d'un homme et d'une femme, qu'il s'agisse de mes États, s'ils veulent être heureux contre moi, malheur à leur bonheur !

MÉNANDRE

Les passions passent. S'il y en a d'immortelles, ô dérision ! c'est qu'un drame les écourte et les immobilise ainsi dans un cadre d'époque.

NIMIER

Un feu dévore un autre feu.

SHAKESPEARE : *Roméo et Juliette*

I

Vraiment, est-ce le moment ? Les combats font rage et Maria prie. Elle est peut-être même la seule qui, dans cette église, soit tout à fait recueillie. Manuel ne saurait dire s'il en est plus touché que vexé. Une fille qui prie pour lui, donc qui pense à lui, quand il est absent, même si c'est agaçant, à tout prendre ça reste attendrissant. Mais une fille qui prie pour lui, à côté de lui, qu'est-ce à dire ? Quel besoin, en ce cas, d'illusion ? Il y a là, pour Manuel, quelque chose d'incompréhensible, de frustrant, comme si sa présence était infirmée au bénéfice d'une autre, censée *faire le pont* (c'est l'expression de Maria) entre deux êtres qu'en ce moment rien ne sépare. Il y a là de quoi ressusciter cette impression de mésalliance mentale, qu'il ne se félicite pas toujours d'avoir surmontée, et, pour mieux dire, cette hostilité dont il n'aurait jamais cru, voilà peu, qu'elle pût non seulement tolérer, mais aiguillonner la passion. Le vieil argument lui brûle les lèvres : Enfin, Maria ! Si Dieu existait, il ne pourrait être que justice ; il ne saurait accorder à chacun autre chose que son droit ; il refuserait toute prière, toute pression, comme contraires à l'ordre du monde...

Mais vraiment, est-ce le moment aussi de philosopher ? Elle est, Maria, d'une beauté frémissante dans cette robe verte sur quoi retombent ses étonnants cheveux de cuivre. On ne peut lui en vouloir d'avoir profité de l'occasion pour présenter aux siens l'homme avec qui, peut-être, elle imitera sa demi-sœur. On ne peut lui en vouloir de cet aveu public qui a eu autant de peine à triompher de ses propres réticences que de celles de son invité, ni du courage qu'il lui a fallu pour l'imposer à certains, ni de la joie qu'elle affiche sans s'inquiéter des circonstances. Si Manuel est mal à l'aise, il ne l'ignore pas : c'est d'abord à lui-même qu'il en a. S'il piétine sur place, c'est qu'il se sent coupable d'inutilité, d'absence, de bonheur personnel. Impossible d'interpréter les crépitements, proches ou lointains de la bataille. Impossible, à partir d'une église où s'embrouillent les échos, de deviner sur quoi, sur qui l'on tire et même seulement où ça se passe.

Par moments, il semble que ce soit au centre de la ville ; et à d'autres, beaucoup plus à l'ouest, du côté des faubourgs. Mais l'affrontement même est incertain. L'armée entière est-elle en train de mettre le peuple à genoux ? Ou bien des régiments rebelles sont-ils aux prises avec des unités fidèles ? Aux coups de feu isolés répondent de longues rafales d'armes automatiques, noyées dans une sorte de grand roulement sourd ; et les passages d'avions tissent sur l'ensemble de telles traînées de tonnerre qu'en devient inaudible la voix de l'officiant sans cesse obligé d'arrêter, puis de reprendre son homélie. Les mains se malaxant l'une l'autre, la tête virant à gauche, la tête virant à droite, comme s'il craignait de voir forcer les portes, le voilà, ce petit gros, qui essuie un front moite, le voilà qui abandonne :

« J'abrège, mes enfants, en vous souhaitant, à vous comme à vos familles, de vivre dans une entente dont notre malheureux pays en ces heures difficiles ne donne guère l'exemple... »

Interrompu par une déflagration puissante, il tressaille et, de sa couperose, le sang soudain se retire au point de ne plus laisser qu'une tache violacée sur chacune de ses pommettes. Dans le quartier même une bombe vient d'exploser ou un immeuble de sauter. On entend tomber du verre; et le lustre central, dont tintent les pendeloques, oscille sur son filin. Tout le monde se retourne : Lila, une cousine de la mariée, n'a pu retenir un cri; elle tremble, accrochée à son prie-Dieu; et aussitôt, livide, honteuse de ce qui a mouillé sa robe, elle gagne l'allée centrale; elle y fait, face à l'autel, une vague génuflexion; elle s'enfuit sur la pointe des pieds.

« On aurait dû remettre la cérémonie », souffle Manuel, profitant d'une accalmie.

Maria sursaute; puis, revenue sur terre, elle pose une main sur celle de Manuel agrippée au prie-Dieu :

« Impossible ! murmure-t-elle. La moitié de la famille est venue de province.

— Si j'avais su, ce matin ! » dit Manuel, pour lui-même.

S'il avait su, s'il ne s'était pas couché à

minuit, s'il ne s'était pas réveillé tard, s'il n'avait pas réservé cette journée, s'il n'habitait pas seul, s'il avait écouté la radio, il ne serait pas venu; il ne serait pas là dans une église, pour la première fois depuis sa sortie de l'orphelinat, à faire piètre figure au milieu d'une noce, alors que se joue, à l'improviste, une partie dont dépend son sort. Autour de lui ce ne sont que moues navrées ou sourires en coin de bouche. Ces Garcia et ces Pacheco, ces gens dont il connaît à peine une douzaine par leur nom, il les a rencontrés, il les a harangués par milliers dans les meetings où ils vociféraient pour ou contre lui. Ce qui se passe dehors se passe aussi dedans, au sein même des deux clans qui sont en train de s'unir, et Manuel le voit bien : tandis que baissent les yeux ceux qui le trouvaient hier décoratif et qui aujourd'hui l'estiment compromettant, les autres ne cessent de le fusiller du regard.

Cependant le padre entame la lecture du premier des textes choisis par les fiancés pour « personnaliser » leur mariage : c'est un extrait du *Cantique des Cantiques* qu'il récite *recto tono* comme un communiqué :

« Voici mon bien-aimé qui vient! Il escalade les montagnes, il franchit les collines... »

Une nouvelle accalmie — toute relative — va lui permettre d'aller jusqu'au bout dans l'inattention générale. Sur la centaine de parents ou d'amis qui ont dû recevoir des cartons, il en manque plus de la moitié et, sur le peu de travées qu'ils occupent, les présents ne sont pas répartis au hasard. Certes, de chaque côté du transept, ce sont les mêmes employés, les mêmes artisans. Mais si les uns paraissent candidement endimanchés, les autres affichent un certain souci d'élégance, pointent le menton d'une manière qui sent son boutiquier. Le plus curieux, pourtant, c'est la double écoute. Chacun fait semblant de suivre l'office, se comporte comme son voisin, sans cesser de tendre l'oreille aux nouvelles qui se transmettent de bouche à tempe et dont, ici ou là, l'origine est un transistor, emporté par quelques assistants. Le fil qui descend le long du cou de l'oncle José, on pourrait à la rigueur le prendre pour celui d'un sonotone si ses lèvres ne bougeaient pas à l'intention d'Elena, tantôt pressée contre lui, tantôt rejetée vers la tante Beatriz qui se livre au même manège dès qu'elle est informée. Mais Arturo, le camionneur, dont la bouille commence à s'épanouir, ne cache pas son poste; il le tient serré entre veste et coude; il tourne sans cesse la molette pour assurer la glane; il fait des signes, il fait des mines avec une heureuse insolence.

« Il y avait un mariage à Cana en Galilée et la mère de Jésus était là et Jésus aussi avait été invité avec ses disciples, récite le padre qui lit maintenant l'Évangile selon saint Jean sans pouvoir retenir le tremblement qui agite ses mains.

— Que les bons citoyens pavoisent ! Et que les autres soient avertis : pour chaque soldat abattu nous fusillerons cinq des leurs ! » déclame le transistor d'Arturo qui, se trompant de bouton, a sans le vouloir augmenté le volume.

Le padre, suspendant sa lecture, regarde fixement le coupable en branlant du chef. Arturo,
gonflant le torse, se fige pieusement, enfonce
son menton dans ses bajoues que bleuit une
barbe pourtant fraîchement rasée. Le marmot-
tement sacré reprend :

« Or, on manqua de vin... »

Nul ne saisira rien de la suite qui s'estompe
dans un vacarme assourdissant. La mitrailleuse
lourde entre en jeu, elle-même dominée par le
canon qui doit déboucher à zéro car le tir ne
précède l'éclatement de l'obus que d'une fraction de seconde. Une rumeur s'amplifie, faite
de cris, d'écroulements, de heurts de ferraille
et, de nouveau, il grêle du verre. Il en grêle
dans la nef même qu'une balle perdue vient de
traverser, d'un vitrail à l'autre. Un éclat de couleur pourpre — un morceau de la robe de saint
Pierre — est tombé aux pieds d'Alfonso, le
frère d'Arturo. Il le ramasse, il l'examine, le fait
passer de main en main. Les hommes font le
gros dos; les femmes s'agitent, la tête renversée
vers les voûtes, les doigts crispés sur l'épaule de
leurs maris :

« Ce n'est plus possible, ça devient dangereux ! clame Mireya, la longue et maigre femme
d'Alfonso.

— L'armée le répète depuis une heure : rentrez chez vous, nous ne répondons de rien ni de
personne ! renchérit Alfonso.

— Encore faut-il pouvoir arriver chez soi ! la
rue sera moins sûre que l'église », dit Arturo
également à haute voix.

Sans attendre, Mireya empoigne ses deux filles dont les mêmes cheveux noirs coulent sur les mêmes robes roses et, les tirant par le bras, descend le bas-côté dans un triple froufrou de soie. Alfonso et son frère balancent, puis lui emboîtent le pas, ainsi que deux cousines qui vont tremper l'index dans le bénitier accroché au dernier pilier et se signent mécaniquement. Mais la porte, à peine ouverte, est vivement rabattue sur un cliquetis de chenilles qu'accompagnent un puissant halètement de moteurs et des ordres indistincts rugis au porte-voix. Le groupe reflue, penaud, hésite à remonter et finalement chacun regagne sa place. La panique a été évitée de justesse et les fiancés, qui étaient sur le point de renoncer, qui consultaient leurs parents indécis, font de nouveau face à l'autel. Une sirène hurle quelque part. Y a-t-il donc des pompiers chargés d'éteindre les incendies au fur et à mesure que les bombes les allument ? Le padre reprend d'une voix blanche :

« Jorge et Carmen, vous avez écouté la parole de Dieu qui a révélé aux hommes le sens de l'amour. Vous allez vous engager l'un envers l'autre. Est-ce librement et sans... »

Le canon redouble ; les explosions se succèdent ; les avions ne cessent plus de passer, leurs vagues d'assaut font trembler l'édifice au long duquel remontent les tanks lourds. Nul ne saisira rien du bredouillement de Jorge ni de celui de Carmen qui louchent vers le vitrail troué et se ressaisissent pour ânonner quelque chose. Mariage de sourds ! Si la cérémonie continue, c'est que chacun peut se référer à la brochure liturgique. Luttant en vain contre les décibels, questions et réponses alternent, au jugé. Un bout de phrase perce tout de même, que le padre a été obligé de crier :

« Et maintenant en présence de Dieu, échangez vos consentements. »

Mais le *Carmen, veux-tu être ma femme ?* comme le *Jorge, veux-tu être mon mari ?* et les deux *oui* rituels ne se devineront qu'au mouvement des lèvres, comme les serments qui suivent ne se devineront qu'au mouvement des mains, si nerveuses que les nouveaux époux auront le plus grand mal à enfoncer l'alliance au doigt de leur conjoint. José vient de retirer l'écouteur fiché dans son oreille; il fait un geste d'impuissance dont Manuel souffre aussitôt.

Si les amis de José, qui sont aussi les siens, ont cessé d'émettre, si leur poste s'est tu, c'est que l'adversaire s'en est emparé. Il suffit pour en avoir confirmation de regarder Arturo. Son transistor collé sur la joue maintenant, il jubile sans vergogne, il lève triomphalement un pouce. Manuel, qui n'a aucune chance de se faire comprendre autrement tant le bruit est intense, tire son agenda de sa poche, fait coulisser le crayon miniature et sur la première page venue griffonne :

« Maria, la situation devient grave. Ma place n'est pas ici. »

Il rougit. Si sa place n'est pas dans cette église, qu'attend-il pour s'en aller ? Pourquoi demande-t-il son avis à une fille qui de toute façon le retiendra ?

Elle prie de nouveau, les yeux clos, et il n'est

pas difficile d'imaginer ce qu'elle dit : *Tout amour vient de Vous, Seigneur. Si je m'étonne d'aimer celui-ci, qui Vous ignore, je ne puis me le reprocher sans Vous le reprocher à Vous-même. En ces heures tragiques, je Vous le recommande...* Manuel, qui tient toujours ouvert son agenda, se sent de nouveau gagné par cette hostilité tendre qui chaque fois le déconcerte. Maria n'a jamais dit : *Je prie Dieu qu'il vous éclaire.* Il ne le supporterait pas. Mais il n'a jamais lui-même essayé de la convaincre : elle ne le supporterait pas non plus. Un léger coup de coude avertit Maria qui rouvre les yeux et secoue si violemment la tête que sa mise en plis se sépare en deux. Elle s'empare du carnet, du crayon; elle répond :

« Inutile! Savez-vous seulement où aller? D'ailleurs c'est fini, nous allons sortir ensemble. »

Elle relève le nez, Maria. Elle sourit avec application. Des taches vertes, des taches roses, des taches bleues, mouvantes, brochant les unes sur les autres comme les ronds de lumière que le plein midi va plaquer sous les arbres, apparaissent sur la paroi nord. Au milieu il y a une tache blanche qui correspond au trou du vitrail. Si l'ombre des piliers devient plus tranchée, la nef s'inonde de clarté : c'est l'heure où chaque jour le soleil, contournant un immeuble de rapport, atteint l'église et y diffuse de l'arc-en-ciel. Trêve fugitive! Le padre, tourné vers l'harmonium, s'aperçoit que l'organiste s'est éclipsé sans que nul n'y prenne garde. Il reste la bouche ouverte sur les premières notes du cantique d'actions de grâces; il les ravale d'un air contrarié; il enchaîne, bras étendus, paumes en cloche au-dessus du jeune couple qui s'incline décemment — encore que la mariée, d'un tour de cou, soit en train de consulter la montre-bracelet de son mari. La première phrase, lancée au lustre, passe majestueusement :

« Père très saint, Tu as créé l'homme et la femme pour que, dans l'unité de la chair et du cœur, ils forment ensemble... »

Le reste, implorant la bienveillance céleste, replonge dans la fureur des hommes. Devinant bien que le padre a expédié l'essentiel, qu'après la bénédiction il n'y aura ni messe ni défilé, la noce s'agite. Les femmes ramassent leurs sacs à main, les hommes frottent leurs pantalons, une demoiselle d'honneur renfile de longs gants. Enfin le padre, laissant tomber les bras, martèle la formule finale :

« Et donne-leur à tous deux, Père très saint, la joie de parvenir un jour dans Ton royaume par le Christ, notre Seigneur !

— Amen ! », répondent quelques voix, tandis que l'assistance, déjà, racle des pieds sur les dalles.

*

C'est au trot que les mariés sont allés signer le registre dans la sacristie; c'est au trot qu'ils ont rejoint leurs familles agglutinées sur le parvis et qui disputent sur le parti à prendre. La rue, où les chenilles ont laissé leurs empreintes, est pour l'instant étrangement déserte et comme gardée par deux files de voitures rangées contre les trottoirs. Entre ses maisons grises, inégales, où le béton récent l'emporte sur la vieille pierre et que dominent des cheminées d'usines, la chaussée, d'un bout à l'autre, est vide. Un autobus a été abandonné en double file et, seul être vivant, un chien divague en reniflant des angles de portes. La plupart des boutiques de ce quartier petit-bourgeois ont baissé leurs rideaux de fer; les autres semblent désaffectées. Partout des volets fermés, des stores tirés aveuglent les façades où flottent, de-ci, de-là, quelques prudents drapeaux. Jusqu'alors assourdi par les murs de l'église, le drame qui se joue alentour assaille librement les tympans. Mais la grande odeur de roussi, d'huile chaude, les colonnes de fumée qui montent au-dessus des toits et l'incompréhensible ballet des appareils fonçant dans tous les sens ne permettent pas de situer plus précisément les zones d'affrontement. Arturo s'époumone :

« Vous ne vous figurez pas que nous allons traverser la ville en cortège? Tous les rassemblements sont interdits.

— Le restaurant n'est pas loin, crie José.

— Et s'il est fermé? gémit Elena.

— C'est un risque à courir! De toute façon, une mariée dans ses voiles, ça se voit : Carmen sera notre protection! » lance le vieux Fernando Pacheco, patriarche impavide, poussant dans le dos sa petite-fille beaucoup moins rassurée.

L'argument a du poids et les Pacheco entraînent finalement les Garcia derrière Carmen qui marche comme sur des œufs. Manuel, demeuré à l'écart, agite la main pour dire adieu à ses futurs parents dont quelques-uns seulement lui rendent la politesse. Il n'a pas cillé en constatant que son chauffeur ne l'attendait plus au volant de la voiture à cocarde dont il n'est plus de toute façon question de se servir. Il compte les drapeaux. Il s'exclame :

« Regardez ! Il y a tout de même un type assez courageux pour avoir mis le sien en berne.

— Venez ! » supplie Maria, accrochée à son bras.

Si la mariée est une sauvegarde, elle l'est aussi pour Manuel bien qu'il soit, lui, exactement, le contraire. Il le sait. Il tente en vain de repousser Maria qui, d'une secousse, lui fait descendre une marche, puis une autre. Le voici sur le trottoir. Le voilà sur le bord de la chaussée, entre une Chrysler et une Toyota, à trente mètres du cortège qui s'éloigne, moutonnant, piétinant sur quatre-vingts talons. Mais Arturo, qui s'est retourné, beugle rageusement :

« Ah ! non, pas de rouge avec nous ! Allez au diable ! »

Il continue à marcher, la tête dévissée d'un demi-tour. Il jette encore :

« Et toi, idiote, lâche ce salaud ! Il est sur la liste noire. Tu seras veuve avant la noce... »

Le vrombissement d'une nouvelle escadrille, dont les ombres remontent l'avenue, l'oblige à recoller au groupe qui, lui, la redescend et dont l'arrière-garde, bravement composée d'hommes, s'abrite derrière les femmes trottinant dans le sillage de Carmen, leur drapeau blanc. S'il y en a parmi les fuyards pour penser que la passion politique devrait se taire au sein des familles, s'il y a des protestations — et c'est probable, car José, sans ralentir, gesticule au flanc d'Arturo —, Maria n'en saura rien. Elle est dans les bras de Manuel, le menton coincé dans son cou, mélangeant du cheveu roux à du cheveu brun. Elle bégaie :

« Je reste avec vous, Manuel... »

Et sans penser qu'elle le paralyse, que les minutes comptent :

« Sauvez-vous, Manuel, sauvez-vous ! »

Elle est si désemparée, si proche de s'effondrer que Manuel n'ose pas se dégager ni aggraver son cas en avouant qu'il est aussi démuni qu'elle, qu'il n'a pas la moindre idée de ce qu'il doit, de ce qu'il peut faire, qu'il n'a prévu aucune défaite, aucun refuge, qu'il n'y songe même pas, qu'il se hait de son impuissance, qu'il la ressent comme une défection. Immobile, les yeux fermés, il savoure amèrement le ridicule de la situation. L'abominable Manuel Alcovar, responsable de haut niveau, tribun abhorré par l'opposition comme par les militaires et dont la photo a si souvent traîné dans les journaux, il est là, mon général ! Il est là, bien reconnaissable, debout, en pleine rue, contre une fille. A la merci de la première patrouille...

Manuel rouvre les yeux, Manuel les écarquille, mais garde assez de présence d'esprit pour pratiquer soudain un bouche à bouche qui empêchera au moins Maria de crier. Elle n'a pas tardé : la voici justement, la patrouille ! Débouchant d'une rue latérale et roulant sur des pneus crantés, s'avance un engin léger, une de ces AML exportées par Panhard dans toute l'Amérique du Sud et qui, dans le tintamarre général, peut sembler silencieuse. Elle passe, toussotant un gaz roussâtre, avec cette lenteur de rhinocéros encorné de ferraille qu'ont les petits blindés. Honte au sergent, honte à l'équipage qui n'ont pas reconnu l'ennemi ! L'engin s'éloigne, sans s'inquiéter de ce couple d'amoureux assez inconscients pour se mignoter en public au cœur d'une insurrection.

Mais les canons de ses mitrailleuses coaxiales virent de concert, s'abaissent de quelques degrés, se pointent sur le rassemblement interdit qui grouille, là-bas, au fond de l'avenue. Que peuvent-ils penser, les occupants de l'AML ? Comment croiraient-ils qu'il s'agit d'une noce ? De l'arrière — et ça le grand-père, poussant la mariée devant le cortège, ne l'a pas prévu —, ils n'aperçoivent forcément qu'un groupe d'hommes, comme il s'en forme des dizaines dans les faubourgs : un groupe en quête d'armes ou chargé de quelque sabotage ou cherchant à rallier d'autres bandes pour s'opposer au putsch et que les militaires ont reçu consigne de neutraliser par tous les moyens. Pas d'erreur possible ! Si ces gens détalent, c'est qu'ils n'ont pas la conscience tranquille. Voyez, au surplus, voyez cet insensé qui lève un bras tandis que ses camarades, affolés, galopent de plus belle. Quand on veut se rendre, on s'arrête. Quand on veut se rendre, on lève les deux bras et non un seul que termine une main à moitié ouverte ou plutôt un poing mal fermé. Un poing ? Provocation pure et simple ! L'AML accélère, fonce sur les fuyards et, à cinquante mètres, ouvre le feu.

II

RENONÇANT à obtenir la communication avec Paris, Selma, comme d'habitude lorsqu'elle est inquiète, jette un coup d'œil sur l'arbre de famille où pendouillent six médaillons : rassemblement fictif, car il y a de la distance entre Gullspäng (où ses père et mère dépensent au bord du lac Dalbo une *folkpension* de 1 500 Kr), le bourg d'Iré (dans le Haut-Anjou bocager, où Mme veuve Legarneau tient encore une épicerie de village) et les diverses affectations d'un couple aussi uni que disparate et récemment muté en Amérique du Sud. Selma voudrait sourire. Elle y parvient. L'arbre, dont le plus jeune occupant arrondit une bouille rose percée d'yeux bleus à cils de laiton, aura bientôt besoin d'une septième branche. Mais il faut se pencher, il faut crier dans l'interphone :

« Rien à faire ! Les lignes sont coupées. »

Elle ne sourit plus, Selma. Elle abandonne son bureau, elle glisse vers la fenêtre autour de quoi l'amour scandinave des plantes vertes fait s'emmêler deux ficus à grandes feuilles laciniées. Quel tumulte ! Combien sont-ils ? Éric, l'attaché militaire — que n'a pas rendu joyeux certain commentaire sur l'utilisation de « son » matériel et qui a passé la matinée le nez en l'air à faire remarquer que les chasseurs étaient tous de fabrication américaine —, Éric assure qu'ils sont déjà près de deux cents, entassés dans les salons comme pour une réception de 14 Juillet. Quand elle est descendue, pour grignoter quelque chose, Selma l'a constaté : pour la plupart ce sont des hommes marqués par leur fonction ou leur parti; beaucoup figurent sur la liste des personnalités sommées par la radio de se présenter au commissariat le plus proche. Mais elle a repéré aussi deux ou trois familles au complet et même un bébé dont la mère, fille d'un ministre, s'est sauvée sans langes comme sans biberon : faute d'un certain lait en poudre, le seul qu'il supporte, nul n'arrive à le calmer.

Combien seront-ils ce soir? De minute en minute, franchissant le portail, tombant dans les bras les uns des autres, affluent les candidats au droit d'asile qu'il faut maintenant diriger sur le jardin où, assis sur les pelouses, ils se regroupent instinctivement autour des responsables de leur clan.

« Selma! » crie quelqu'un dans l'escalier.

Mais Selma ne bouge pas. Une main posée sur son ventre qui commence à pointer sous la robe droite, elle n'a entendu que le cri rauque d'une fillette qui vient de s'écrouler en travers d'un massif, soudain frappée d'une crise d'épilepsie. Elle aussi se sent comme étouffée par cette cohue volubile qui dans sa langue chantante, si différente du castillan de lycée, suppute ses chances ou lance des imprécations. Elle a l'impression, bien qu'elle ne porte pas de corset de grossesse, d'en avoir resserré les lacets. Son regard fuit. Son regard s'éloigne, va se reposer au-delà du jardin dans la verdure du parc municipal, paradis botanique où déambule un vieux gardien en uniforme jaune paille, où la grande cascade continue à oxygéner du poisson rouge et à pousser de la mousse dans la rivière artificielle sinuant à travers les gazons qu'une tondeuse automotrice, prolongée par un sac à herbe tout gonflé, rase consciencieusement.

« Décidément, chérie, nous choisissons nos postes ! Nous attirons le pandour ! La dernière fois, c'était en Grèce. »

Selma, enfin, se retourne. Dans l'encadrement de la porte dont il donne toujours l'impression qu'il va faire éclater le chambranle, Olivier, époux géant issu d'une race pourtant moyenne, élargit ces coûteuses épaules qui réclament des vestes sur mesure. Aussi massif, mais bien moins débonnaire que de coutume, il gronde, secouant une tignasse sombre assortie au poil qui sort généreusement de l'échancrure de sa chemise :

« Joli travail ! Comme dit le patron, c'est la démonstration de l'impuissance d'un peuple face à la subversion d'une armée moderne. Chair contre char, aucune résistance possible. »

Selma hoche la tête : il est comme ça, son brachycéphale brun; il a l'indignation bavarde, il faut qu'il glose, sans se douter qu'il aggrave ce malaise, cette envie de vomir qui la point.

« Pas tendres, mais pas fous, d'ailleurs, ces messieurs de la Junte! Rail, route, télé, ports, postes, journaux, ils ont d'abord sauté sur les média et sur les nœuds de communications; ils ont émietté l'adversaire. Ça restera un modèle du genre.

— Tu parles comme s'ils avaient réussi, fait Selma qui se mordille un ongle.

— Malheureusement ça ne fait plus de doute. »

Olivier s'est approché : un bras passé autour du cou de sa femme, il considère à son tour la foule des réfugiés dont trois seulement traînent une valise, tandis que les autres, dépossédés de tout, piétinent un sol dont leur sauvegarde exigera encore qu'ils se séparent. Un serveur distribue des sandwiches et des gobelets de carton paraffiné; un autre passe avec un broc dont coule un liquide opalescent. Selma ouvre la bouche, puis se ravise... A quoi bon? Mettre un nom sur un visage — et elle en connaît plusieurs —, c'est lui donner une importance que précisément il vient de perdre; c'est en faire un privilégié du malheur. Elle murmure bizarrement :

« J'aimerais qu'il y ait moins de cravates. »

Ce qu'aussitôt Olivier commente à sa manière :

« Ceux-là s'en tireront en effet. Mais c'est vrai que nous ne pouvons rien pour ces milliers d'anonymes qui se font hacher dans les usines et dans les bidonvilles... La Junte opère chez elle, donc elle a tous les droits. Pour les bourreaux d'enfants, les juges, partout, peuvent prononcer la déchéance paternelle. Pour les bourreaux de peuples, l'ONU devrait proclamer, avec devoir d'intervention, la déchéance de souveraineté.

— *Jag alsker dig*, casque bleu! dit Selma dont l'ironie — cette fois peu convaincante — aime mélanger les langues. Au fait, que me veux-tu?

— Ordre du patron : on transforme les bureaux en dortoirs. Moi, je retourne à la porte accueillir les gens. Toi, tu descends t'occuper des enfants.

— Et le nôtre? dit encore Selma, fronçant de pâles sourcils.

— Nous le récupérerons demain. Les demi-pensionnaires doivent coucher sur place. Toute circulation est interdite à partir de seize heures. »

Le ton a changé : l'inquiétude le gagne à son tour. C'est en époux silencieux, attentif à sa femme — et à la fille espérée —, qu'il protège le tout des collisions éventuelles dans l'escalier que dévalent les uns, que remontent les autres, chargés de matelas et de couvertures récupérés Dieu sait où. Porteur d'oreillers, « Monsieur Mercier » lui-même — alias l'ambassadeur — s'est mis de la partie :

« Ménage-toi! lance-t-il en passant à Selma qu'il tutoie pour l'avoir connue, enfant, quand il était lui-même en poste à Stockholm. Vous, Olivier, rappelez-vous, vous me devez une bouteille de champagne. Je vous l'avais bien dit : avant huit jours ils auront la peau du président. C'est fait : on ne sait même pas ce qu'il est devenu. »

Il grimpe avec son barda. Le couple dégringole les dernières marches. En bas la cohue devient dense : Olivier la fend devant sa femme. Mais soudain, tournant la tête, il s'exclame rageusement :

« Bon sang ! Tu vois ce flic ? C'est Prelato, cet avorton de commissaire, qui fait du zèle. »

Il s'échappe, il fonce sur une sorte de gnome vêtu, chevelu et moustachu de gris, emmanché de petits bras comme de courtes pattes et qui s'est campé en travers de la porte pour barrer le passage à de nouveaux venus :

« Suivez-moi, j'ai des ordres ! braille-t-il.

— De qui ? En vertu de quel mandat ? De toute façon vous n'avez pas le droit de vous installer à l'entrée de l'ambassade », fait Olivier empoignant si fortement l'argousin par la manche que la couture craque à l'épaule.

Le commissaire se retourne, haussant tout le corps pour hausser le sourcil. Il a l'air provocant des gens dont la cause est forcément la bonne puisqu'elle est en train de triompher. Il grince :

« Attention ! C'est vous qui vous rendez complice d'une rébellion en intervenant dans les affaires intérieures de ce pays. Ces gens ont été convoqués par radio : leur fuite est un flagrant délit.

— Rebelles pour rebelles, je préfère encore ceux-là ! jette — un peu vite — Olivier. Nous ne prenons pas parti, nous secourons des malheureux. Si vos amis échouent, si vous-même

28

demain craignez pour votre peau, nous vous accorderons aussi le droit d'asile.

— Merci ! siffle le commissaire. Je n'oublierai pas de vous citer dans mon rapport. Mot pour mot. »

Il s'en va, marchant de biais, crachant trois fois par terre. On entendra bientôt fonctionner à tout va un sifflet à roulette qui, sans doute, réclame du renfort.

III

La canonnade s'est tue; les avions ont regagné leurs bases, livrant le ciel aux hélicoptères de surveillance qui, par moments, battaient de l'air à point fixe comme le font les tiercelets en train de scruter le sol pour y découvrir une proie. Eux-mêmes un peu plus tard, quand les étoiles se sont allumées, clignant jaune, autour de leurs feux de position, clignant vert, ils ont renoncé, ils se sont enfoncés dans la nuit parsemée de détonations lointaines, de plus en plus espacées; et l'on aurait pu croire que tout était réglé si des salves, sèches et bien groupées, n'avaient de minute en minute aussi longuement épouvanté l'écho.

Dans l'ombre de ce réduit où règne une odeur indéfinissable, Manuel écoute la respiration de Maria qui dort, tout habillée, assommée par les barbituriques. Rien d'autre dans le silence depuis qu'ont cessé les bruits d'eau, furtifs et tardifs, de leurs hôtes. Rien d'autre, sauf des craquements infimes et, sur une note, quelque chose de plus mince, de plus étouffé qu'un chicotement de souris. Manuel, pour s'abstraire d'insolubles problèmes, s'attarde à celui-là et finit par comprendre. L'odeur! Crotte et plumes mêlées, c'est une odeur d'oiseau. La période des nids est terminée, mais les moineaux, pépiant menu dans leur sommeil, tiédissent sous les solives au duvet des reposoirs.

Manuel serre les dents. Ils s'envoleront demain, les moineaux, ou bien ils grifferont joyeusement les gouttières où les mâles à tête noire grimperont sur de rousses femelles. Paix aux oiseaux, malheur aux hommes! Combien d'amis se sont comme lui cachés où ils ont pu? Combien d'autres, cahotés sur les plateaux des ramasseurs, ont depuis deux jours été déversés dans les fosses communes, comme Jorge et Carmen. pour leur nuit de noces? Manuel n'y coupera pas : une fois encore la scène du massacre repasse devant ses yeux...

Alerte et bien graissée, roulant sur ses bons gros pneus, l'AML a ouvert le feu : en six rafales, en six secondes, fumant à peine, oscillant de gauche à droite, de droite à gauche, les tubes d'acier ont fauché le cortège. Arturo, prêt à crier vivat, Arturo qui levait le bras en signe d'amitié, qui n'a pas pensé à lever les deux, qui les aurait sans doute levés en vain, car lever les deux bras signifie qu'on se rend, donc qu'on se reconnaît coupable et dans la férocité de l'action un engin léger, nettoyeur de rues, n'a ni le temps ni les moyens de s'encombrer de prisonniers... Arturo est tombé le premier, en équerre, la colonne vertébrale cassée. José, que les Pacheco surnommaient José Coquelicot, s'est affaissé sur les genoux, puis sur le nez, comme Alfonso, comme tous les autres, criblés de balles dans le dos, et c'est seulement au dernier instant que de cette masse compacte, s'abattant dans un seul sens avec la rapidité d'un jeu de cartes mis à plat par une chiquenaude, s'est dégagée une forme blanche couronnée de fleurs d'oranger et qui, déjà, basculait pour s'étaler, inerte, dans un bouillonnement de tulle.

« *Ay, Jesus! Que lástima!* » a hurlé toute la rue, pourtant bâillonnée de volets.

L'engin, stoppant net, a eu comme un sursaut. Puis il est reparti doucement, il s'est arrêté à un mètre des corps si bien hachés qu'il n'en sortait pas le moindre gémissement. Le capot s'est ouvert, laissant passer jusqu'à hauteur de ceinture une jeune recrue, métis aux fortes pommettes, aux cheveux presque ras, qui s'est mis à vomir sur le blindage avant qu'un ordre rauque ne le rappelle dans l'habitacle. Capot rabattu, l'engin est resté immobile durant deux minutes, comme si l'équipage guettait les réactions des riverains ou s'interrogeait sur les conséquences de sa méprise ou, plus simplement, rendait compte par radio. Puis les pneus se sont mis à tourner à l'envers. N'osant pas rouler sur le charnier d'où le sang, par filets, commençait à ruisseler vers les caniveaux, l'AML a reculé; elle a cherché, elle a trouvé une brèche dans la file des voitures; elle a contourné l'obstacle en passant sur le trottoir.

C'est alors que Maria s'est échappée, courant vers ses morts. Elle ne criait pas. Elle avait seulement le visage figé, les yeux exorbités, comme un spectateur qui sort d'un film d'épouvante. Arrivée sur place, elle a tourné trois fois sur elle-même, hébétée, cherchant du regard ces témoins invisibles, terrifiés, collés aux interstices des persiennes. Puis elle a considéré son père qui gisait sur le dos les bras en croix, sa belle-mère affalée sur le ventre et les deux filles de Mireya emmêlées l'une dans l'autre et dont les cheveux noirs glissaient toujours sur des robes roses largement ocellées de pourpre. Elle ne s'est pas agenouillée. Elle s'est seulement signée. Puis comme Manuel la rejoignait, elle a balbutié à cet homme qui n'est même pas vraiment son fiancé :

« Je n'ai plus que vous. »

Et peu après, d'une voix plus ferme, mais glacée :

« Ne vous inquiétez pas : il n'y a pas de blessés. »

En effet, il n'y avait pas de blessés sauf la mariée, à vrai dire agonisante, dont la main fraîchement baguée raclait encore le sol de ses ongles laqués. Quand la main s'est immobilisée, Maria, penchée sur sa demi-sœur, enfant gâtée du second lit, lui a retiré son alliance qu'elle a mise à son doigt en murmurant :

« Vous vous rappelez les derniers mots de la bénédiction nuptiale ? *Et donne-leur à tous deux, Père très saint, la joie de parvenir un jour dans Ton royaume !* Vous voyez, Manuel : ils ont été très vite exaucés. »

*

Assis sur l'étroit matelas pneumatique contigu à celui de la dormeuse, Manuel se palpe machinalement le ventre sans trouver l'origine d'un faible point de côté. Ce ton étrange, confirmé par une démarche de somnambule, Maria ne s'en est pas encore départie. C'est en état de choc, avec une incroyable indifférence envers les usages comme envers le danger, qu'elle s'est lancée dans une quête acharnée, répétant :

« Je n'ai plus que vous. Il faut d'abord que je vous mette en sûreté. »

En sûreté ?... Mais où, dans une ville quadrillée par les soldats encerclant d'inapprochables îlots de résistance ? Il n'était pas question de rallier qui que ce soit, où que ce soit, de se faire tuer inutilement. Il n'était plus question d'aller se terrer dans un appartement de fonction immanquablement devenu souricière, ni de franchir les barrages interdisant l'accès de la province. Le studio de Maria, petite secrétaire sans nom, sans activité partisane, pouvait offrir un havre provisoire. Mais au bout d'une demi-heure de marche en zigzag à travers des arbres tronçonnés, des cadavres à tête auréolée par de rondes flaques rouges, des morceaux de bitume fendus, des trous de bombes d'où jaillissaient les flammes verdâtres des conduites de gaz crevées, l'immeuble de Maria, flanquant celui d'un syndicat, s'est révélé cerné par les carabiniers jouant au casse-pipe sur tout ce qui bougeait derrière les carreaux.

« Quittez-moi, voyons ! a dit Manuel. De toute façon je n'irai pas loin. Et je n'ai pas le droit de vous...

— Notre seule chance, c'est une ambassade ! » a dit Maria, rebroussant chemin.

Quelle ambassade ? A quelle adresse ? On

peut être familier d'une capitale sans s'être jamais préoccupé de ce détail. Ah! comme un homme devient vite un petit garçon perdu! Comme le courage politique est différent du courage physique! Comme il devenait pitoyable, ce dirigeant habitué à remettre ses pas dans ses pas, à répéter des discours, à prévoir des horaires et pris au dépourvu par l'urgence de survivre! Une ambassade, oui. Mais ces édifices, où flottent des pavillons qui semblent vouloir épuiser les combinaisons de couleurs, sont pour la plupart rassemblés vers le centre : ce centre sur qui l'assaillant portait son principal effort, où grouillait la troupe en train d'investir les derniers bastions des défenseurs du régime. Et comment, au surplus, ne pas mettre en doute la sympathie de certaines légations, comment ne pas craindre que, devant les autres, n'ait déjà été mis en place un cordon policier?

« La France! a dit Maria. C'est l'ambassade la plus proche et elle se trouve dans un quartier résidentiel. »

Elle a pris le bras de Manuel, pensant qu'ainsi « conjugalisé » ce notoire célibataire attirerait moins l'attention. C'était miracle pourtant qu'il n'eût pas encore été identifié par les occupants de ces jeeps qui, à intervalles réguliers, passaient en trombe, lançant d'impérieux avis :

« Rentrez chez vous, bon Dieu! »

Mais le pantalon rayé de Manuel, son nœud noir de cérémonie, comme la robe de soie verte et les gants de Maria plaidaient en leur faveur. Faites riches, vous paraîtrez innocents! Ces gens bien mis, surpris loin de chez eux par les événements et qui ne rasaient pas les murs, qui ne cherchaient pas à se dissimuler, qui se hâtaient apparemment vers les beaux quartiers, c'étaient peut-être des imprudents, mais pas des rouges. Un long et grinçant coup de frein, bloquant une camionnette bâchée de toile léopard, allait en faire la démonstration. Vers qui le sous-lieutenant assis près du chauffeur pointait-il donc le doigt ?

« Ne courez pas, surtout ! » a dit Maria.

Elle avait raison. L'officier n'en voulait qu'à deux jeunes gens qui, derrière eux, se sont trouvés rapidement enveloppés de baïonnettes, fouillés, ꞌfrappés, embarqués : deux ouvriers sortant d'une imprimerie, hésitants, effrayés, dignes de tous les soupçons, ne serait-ce que pour leurs bleus de chauffe, leurs barbes à la Castro et leurs mains noircies par cette encre grasse d'un emploi si souvent subversif.

*

Encore deux cents mètres. Encore cent... Manuel et Maria ont évité de justesse une rafle organisée par une compagnie de fusiliers marins (pourquoi eux ?) galopant à la file indienne et fonctionnant comme ces filets dont les pêcheurs ferment la boucle avant de relever le poisson. Ils ont dû sauter par-dessus un pylône abattu qui encombrait le passage de ferraille tordue et dont les fils, encore sous tension, faisaient pétiller de violets courts-circuits.

« Nous arrivons, Manuel ! »

Aux abords du parc que jouxtait l'ambassade

il n'y avait point de dégâts. Les résidences cossues, les hôtels particuliers, les immeubles de luxe à hauteur limitée, à terrasses bordées de caissons fleuris, bénéficiaient d'une tout autre atmosphère, d'un contrôle bien moins strict que celui des faubourgs. Là, les carabiniers se faisaient discrets! La plupart des contrevents demeuraient entrebâillés. Il en sortait des airs martiaux diffusés en permanence entre les communiqués, des roulades, des gammes exécutées sur de hauts tabourets par de studieuses demoiselles, de joyeuses exclamations lancées par leurs parents. D'une façade à l'autre, parmi les claquements d'une forêt de drapeaux, ça ricochait sur marbre ou travertin :

« Il est mort! Il est mort! »

L'espace d'une seconde, on apercevait l'éclair de diamant d'une oreille ou, dans un profil poudré, une bouche de corail aux dents de pur émail qui s'écartaient pour faire participer à l'allégresse générale la bonne amie du quatrième :

« Vous entendez, Julia? Dieu soit loué! Il est mort! »

Applaudissements en guise de glas. Huées posthumes en l'honneur du disparu. Bravos pour les ordonnateurs de sa pompe funèbre. Ni Manuel ni Maria n'ont douté un instant de l'identité du défunt. Ni lui ni elle ne l'ont nommé davantage. Manuel a grondé :

« Au moins, lui, il a su mourir. »

Cependant à cinquante mètres, à l'angle des deux rues encadrant le flanc ouest du parc et face au boulevard de l'Union, béait le portail de l'ambassade surplombé de l'étendard tricolore; et à l'entrée se campait un gaillard au torse carré, au crin foncé, agitant fiévreusement la main comme s'il voulait faire signe à quelqu'un de se presser. Maria a retenu Manuel, prêt à se lancer et qui disait pour la dernière fois avec peu de conviction :

« Quittez-moi maintenant, Maria, je vous en prie...

— Attendez ! il se passe quelque chose. »

Encore un coup, elle avait raison. Débouchant coudes au corps du boulevard de l'Union, un homme a traversé comme une flèche, s'est jeté dans l'ambassade. Mais un autre a suivi, plus âgé, visiblement épuisé, tanguant sur de mauvaises jambes :

« Attilio ! » s'est écrié Manuel, si fort que le grand brun, le repérant, s'est retourné pour étendre le bras et répéter, avec insistance, un geste circulaire difficile à interpréter.

Au même instant, hélas ! claquait un coup de revolver : Attilio Jachal, ce député du Sud, partisan passionné de la réforme agraire, boulait comme un lapin, et ses poursuivants, surgissant à leur tour, se faisaient un devoir de bourrer le mourant de coups de bottes, tandis qu'arrivant au pas cadencé une section entière prenait position au carrefour. La situation devenait désespérée :

« Vous voyez ce qui m'attend », a dit Manuel.

Mais Maria avait déjà entraîné son proscrit en sens inverse, sans hâte et proposant :

« Doucement ! Nous allons essayer d'entrer dans le parc.

— Ils le fouilleront ! a dit Manuel.

— Derrière la cascade il y a une grotte. Quand j'étais enfant, une fois, en jouant à cache-cache, je m'y suis blottie, toute mouillée, mais introuvable. L'essentiel, c'est de gagner du temps. Un jour ou deux, peut-être. Sur le coup les vainqueurs sont ivres de vengeance; ensuite ils se dégrisent.

— Croyez-vous? Je crains que ceux-ci ne soient des monstres froids. »

De toute façon l'entrée du parc, côté ouest, située plus loin que le carrefour, devenait inaccessible. Pour atteindre le parc, côté est, il fallait faire le tour en espérant que la grille fût ouverte ou en prenant le risque d'escalader le haut mur où s'accotaient les serres :

« Au besoin, je vous ferai la courte échelle », a dit Maria.

Un kilomètre de mieux, ce n'était pas une affaire, malgré une lassitude, une déception croissantes et le sentiment qu'à force de compter sur lui on devient plutôt la victime du hasard. Les échos de la bataille paraissaient s'affaiblir. Les colonnes de fumée, virant au mauve, se diluaient, se mélangeaient pour former une vaste nappe commune où s'arrondissait un soleil flou, auteur d'ombres molles au bas des réverbères. Sur un rythme ternaire, des résidences entières — à l'exception des loges et des mansardes — fêtaient maintenant les bonnes nouvelles en battant de la casserole, sans pour autant priver les maîtresses de maison de tous leurs ustensiles comme l'attestaient de belles odeurs de cuisine.

40

« Sous les plaques d'égout, a dit Maria, il y a des échelles de fer. Au pis aller, vous pourrez... »

Elle n'a pas terminé sa phrase. Une jeune fille en polo et short blancs, raquette en main, venait de crocheter du 82 au 86, piaulant :

« Tant pis. J'y vais, Jaime m'attend. »

A la corne du parc les séquoias à tronc roux, les eucalyptus à feuilles bleuâtres retouchées de vieux rose, les araucarias aux branches flexueuses tout hérissées d'écailles, les cèdres gris brochant sur de pâles sycomores, les pins garnis de cônes serrés englués de résine blanche ont allongé leurs branches au-dessus du trottoir où, plus loin, un paulownia aux larges feuilles semait des gousses à moitié écossées par les pieds des passants. Prenant grand soin de tenir la bordure pour masquer son ami, Maria allait, sans paraître souffrir du bonheur insolent des oiseaux vivant pourtant sur la même planète. Le mur défilait, aveugle, donc protecteur :

« Entendez-vous ? Le portillon tinte, donc le parc est ouvert », a dit Maria.

Pour se contredire aussitôt :

« Le portillon tinte trop. J'ai peur qu'on ferme. »

On fermait en effet; et s'écoulait vers les villas riveraines un petit flux de nurses, de grand-mères satisfaites d'avoir pu, quand même, assurer à leurs mioches le sable quotidien ou pousser du landau à travers ces plantes rares dont le nom figure sur des écriteaux, comme celui des promeneuses sur leurs cartes de visite. Deux d'entre elles frôlèrent Manuel sans s'étonner de voir, bien qu'il n'y eût pas de vent, ce monsieur allumer une cigarette, nez au mur et battant le briquet à l'intérieur de sa veste.

« Manuel ! » a dit Maria.

Non, le hasard ne se lasse pas toujours. Dernier sorti, voici le grand brun de tout à l'heure qui s'approche à grandes enjambées. Tranquille, mais lorgnant les villas, il avance en balançant les bras. Il s'arrête, il feint l'étonnement :

« Mes bons amis, si je m'attendais à vous trouver là ! »

Il tend la main, il ajoute très bas :

« Vite, suivez-moi, nous n'avons pas une minute à perdre. »

Lui aussi va longer l'enceinte en prenant grand soin de masquer Manuel ; il parle d'abondance, il dit n'importe quoi ; il confie aux échos son regret de n'avoir pu trouver un quatrième au bridge ; il propose un petit whisky ou, mieux, un *coup-de-balai*, le cocktail qui fait fureur dans la bonne société ; il pivote, il tourne à angle droit et, Manuel dans son dos, il traverse la rue comme un gué ; il pique droit sur une maison basse en forme de L posée sur un gazon où s'arme la férocité bonasse d'un yucca. Premier tour de clef : il ouvre la grille. Il suit une file de dalles, il grimpe trois marches. Second tour de clef : il ouvre la porte. Il s'efface devant Manuel et Maria qui se retrouvent effondrés sur les fauteuils-sacs d'une salle commune meublée avec la sommaire élégance qu'impose aux gens de la Carrière la brièveté de leurs affectations ; et

42

le voilà enfin qui s'incline, qui s'explique :

« Excusez-moi, monsieur le sénateur. Je me présente : Olivier Legarneau, attaché culturel. Je ne m'étais pas trompé : c'était bien vous. Mais je me demandais si vous aviez compris mon geste. Le jardin de l'ambassade communique avec le parc, et les carabiniers, bien sûr, le savent. Seule solution : traverser avant eux, pour vous rejoindre. Vous ne pouvez plus vous réfugier à l'ambassade, d'ailleurs bondée. On verra plus tard. En attendant, comme par bonheur pour vous j'habite ici, faites-moi la grâce d'en profiter. »

Un murmure lui répond : *Comment vous remercier ?* C'est peu pour reconnaître la générosité d'un homme à qui l'on doit la liberté et, peut-être, la vie; mais au terme d'une errance au dénouement inespéré, Manuel n'a plus de voix, plus de ressort. Maria non plus, du reste : ayant atteint son but, elle craque, elle pleure silencieusement. Olivier a glissé vers la fenêtre, écarté le rideau : le léger sifflement qui passe entre ses dents n'a rien de rassurant.

« Bigre ! dit-il. Ils ne se contentent pas de fermer le parc, ils disposent des sentinelles tout autour. En voilà une qui se visse sur le trottoir juste en face de nous. Il faudra faire très attention. Nous ne sommes pas couverts, ici, par le privilège de l'extra-territorialité : une perquisition n'est pas exclue. »

Saturés d'inquiétude, recrus de fatigue, Manuel et Maria réagissent à peine. Ils en sont arrivés au point où un abri, même précaire, permet au moins de reprendre souffle, de reprendre espoir. Maria — qui, après tout, n'est pas en cause — se trouve désormais coincée. Mais ne sait-elle pas que, si elle réussissait à partir, tout retour lui serait interdit ? Et Manuel, qui ne l'ignore pas davantage, avoue-rait-il qu'au regret de l'avoir entraînée dans l'aventure se mêle autant de consolation ?

« De toute façon, continue Olivier, les voi-sins, les visiteurs, la femme de ménage, mon petit garçon ne doivent pas soupçonner votre présence. Cette maison est entièrement de plain-pied et n'a qu'un faux grenier où un pré-cédent locataire avait installé, contre le pignon, un petit laboratoire de photo. On y accède par un escalier électrique escamotable. Vous tien-drez à peine debout, vous y serez très mal à l'aise, mais nous n'avons pas le choix. »

Au dehors les talons d'une escouade sonnent sur le macadam. Un cri de femme brutalisée, une bordée de jurons ne laissent aucun doute :

« Ils ont fait des prisonniers dans le parc », dit Olivier.

Et sans transition :

« La seule personne à mettre au courant, ce sera ma femme, Selma, qui travaille avec moi à l'ambassade... Mais ne l'attendons pas : mon-tons ! »

*

Maria vient de se retourner en poussant un gémissement sourd : elle ne sera pas de sitôt libérée de ses cauchemars. Encore est-ce un moindre mal : au début, faute de veiller ses morts, elle voulait veiller son deuil. Il a fallu la supplier, lui tendre les comprimés, le verre, la faire boire, la faire avaler, l'apaiser en lui tenant la main jusqu'à ce qu'elle s'assoupisse, parcourue de soubresauts et la respiration coupée de minute en minute par ces reniflements saccadés qui, chez les enfants, prolongent les sanglots. C'est avant de sombrer tout à fait qu'elle a dit, tout à trac :

« Vous savez, Manuel, j'étais loin d'être d'accord avec vous. Vos amis ont commis bien des fautes. Mais vos ennemis sont si abominables qu'au moins, maintenant, je sais avec qui je suis. »

Le tube de gardénal fait une bosse dans la poche du gilet de Manuel : sans doute devrait-il aussi en user. Mais sait-on ce qui peut advenir ? S'il est vrai que la trappe du couloir, nantie de son escalier pliant, est peu décelable, que vaudrait cette cache en cas de fouille poussée ? Comme la sentinelle, qui dans la fraîcheur nocturne bat de la semelle, en face, Manuel se sent de garde...

De garde inutile en vérité : en cas d'irruption que pourrait-il faire ? N'est-il pas plutôt de faction contre lui-même, rachetant ce fuyard humilié qui errait dans la ville, qui n'a pas eu la force de refuser le dévouement d'une fille aujourd'hui condamnée à partager son sort ? S'il est vivant, c'est grâce à elle : parce qu'elle l'a traîné jusqu'ici. *Je n'ai plus que vous, Manuel*. La réciproque est vraie, il peut répondre : je n'ai plus que vous, Maria. Seul, il se serait problablement rendu. Seul, il eût sans doute préféré faire partie des victimes. Pour qui sert une cause, le choix de lui survivre, même s'il est raisonnable, n'est certes pas glorieux. Manuel l'éprouve et cette gêne en rejoint d'autres... Qui vous aime vous détourne souvent de votre rôle : il l'a craint longtemps. Qui vous sauve acquiert des droits sur vous : comment y résister ? Et comment résister à l'envahissement des images : celle de Maria renfilant l'alliance de sa sœur, celle de Maria baissant les yeux au moment de gagner ce réduit, sans faire remarquer que Manuel n'était pas son mari, qu'il n'était pas son amant, qu'elle et lui allaient devoir durant des heures, durant des jours, souffles et chaleurs mêlés, s'allonger côte à côte...

Sur trois notes aiguës sonnent trois heures au couvent voisin; puis sur trois notes graves l'église voisine les répète, assourdies. Les paupières de Manuel sont devenues plus lourdes. C'est le militant qui, en lui, veillera le dernier, enfoncé dans un état crépusculaire où sa conscience devient simplette et lui rabâche des envolées d'estrade : *Nous ne voulions que le bonheur du peuple, nous ne méritions pas tant de haine.* Une voix mince reprend : *Vous avez commis bien des fautes.* Le militant riposte : *Les fautes des uns ont-elles jamais légitimé les crimes des autres ?* Mais la question restera sans réponse. L'aphasie envahit l'orateur. L'angoisse du lendemain, le souci lancinant de son innocence, le pas de la sentinelle, l'odeur d'oiseau peu à peu s'atténuent, s'effacent : Manuel dort enfin, sans savoir que sa main droite a rejoint la main gauche de Maria.

IV

NE pas marcher, ne pas tousser. Ne parler qu'à voix basse, le moins possible. Ne pas heurter la cloison du coude, le toit de la tête.

Au petit matin, ne pas appuyer sur le bouton qui commande le déploiement de l'escalier électrique, ne pas descendre — si pressantes que puissent être les nécessités naturelles. Attendre que soit terminée la séance familiale de gymnastique, rassemblant père, mère et fils et signalée par les un-deux-trois-quatre d'Olivier ou les *en-tva-tre-fyra* de Selma. Attendre que le gosse soit habillé, qu'il ait sifflé son chocolat, qu'il soit parti à l'école. Attendre le signal convenu : un léger grattage de cloison.

Alors seulement se risquer dehors, se soulager, se laver, avaler quelque chose en vitesse et remonter avant l'arrivée de Fidelia, la petite métisse, toujours ponctuelle, qui sert aux Legarneau de femme de journée. Prendre soin après l'ascension de débrancher le moteur, car il est arrivé que Vic — surtout quand il reçoit des copains — fasse marcher l'escalier pour le plaisir. Cela fait, ne plus donner signe de vie de la matinée.

Rebrancher le moteur à midi, redescendre, les lieux étant théoriquement vides jusqu'à la sortie des bureaux. Se méfier toutefois, car Fidelia revient parfois pour couler une lessive ou battre les tapis. Ne jamais répondre au téléphone, ne jamais appeler un numéro de peur d'alerter la table d'écoute. Ne jamais passer devant une fenêtre dont les rideaux ne sont pas tirés. Fumer le moins possible — et pour Manuel ce sera une privation — puisqu'on ne peut pas aérer et que, de l'odeur ou des mégots, ni Olivier ni Selma ne peuvent être tenus pour responsables. Ne jamais manger autrement que sur le pouce, les assiettes sales en cas d'irruption pouvant servir d'indices. N'utiliser la télé ou la radio qu'en sourdine, avec la plus extrême discrétion.

Disparaître dès le retour de Vic — alias Victor — jusqu'à ce que le petit dorme à poings fermés, dans cette chambre dont sa mère, par prudence, tournera silencieusement la clef. Attendre de nouveau le signal convenu, puis revenir pour dîner avec les Legarneau. Une heure plus tard, précautions prises, rallier le réduit, équipé d'une lampe électrique enveloppée dans un mouchoir afin qu'aucun rai de lumière en provenance du faux grenier ne puisse étonner les voisins. Et, dans la nuit qui sera longue, se surveiller encore, épier son sommeil, n'y pas soupirer trop fort, n'y pas rêver tout haut... Tel était le programme dont il faudrait prévoir l'aggravation les jeudi et dimanche, jours sans école, donc jours de blocage complet :

« A la rigueur, le dimanche nous pourrons inventer des sorties, mais le jeudi c'est Fidelia qui, en notre absence, garde le petit toute la journée... »

Brave, mais non rassurée, c'était Selma qui avait mis l'horaire au point. Rentrée juste une minute avant le couvre-feu, elle avait approuvé son mari en respirant tout de même un peu court. Mais elle avait écarté la suggestion :

« Dans ton état si tu demandais quinze jours de repos...

— Non, n'attirons pas l'attention. Il y a deux cents personnes à l'ambassade... »

Deux cents personnes là-bas, deux ici. Manuel en avait le rouge au front; et ce malaise n'avait cessé de croître. Sur l'instant, talonné par l'urgence, il ne s'était guère tracassé pour ses hôtes. Mais en dehors des complications apportées à leur vie, de l'obligation de parler constamment une langue pour eux étrangère — Manuel parlant le français, mais non Maria —, des difficultés de ravitaillement, des frais occasionnés par deux bouches supplémentaires, il ne pouvait plus se défendre du sentiment d'avoir apporté dans cette maison quelque chose d'aussi dangereux que le choléra. L'humiliation de se retrouver dans un état proche de la mendicité l'étouffait; mais bien davantage encore la honte de s'imposer, de parasiter la générosité d'un couple incapable de refuser une aide qui pouvait lui attirer les pires ennuis.

À l'idée de compromettre pour son propre salut la sécurité d'une famille — exactement comme il avait compromis celle de Maria —, à l'idée que cette jeune femme enceinte aurait dû lui dire : « Écoutez, monsieur, j'ai trois vies plus précieuses pour moi que la vôtre à préserver », Manuel pouvait sans doute opposer un fait : l'initiative de l'accueil appartenait à Olivier. Mais le soir même de son arrivée, en face de la télévision, quand le général entouré de ses acolytes était venu *justifier* son action *devant le peuple et devant l'histoire,* quand, après avoir parlé de *la grande pitié de nos frères rongés par une idéologie d'importation,* il avait haussé le ton, répudié toute indulgence, promis des châtiments exemplaires aux responsables, aux irréductibles, comme à *toute personne qui, hébergeant un ennemi public, fait cause commune avec lui et doit être traitée aussi sévèrement...* Manuel l'avait surpris, le coup d'œil échangé entre les époux! Pas de regret, mais du frisson. Une estimation plus juste des conséquences de leur geste. Elle sonnait faux, l'ironie d'Olivier, murmurant :

« C'est curieux, les dictateurs ont rarement la gueule de l'emploi. Hitler s'était fait la tête de Charlot. Avec son képi sur l'oreille, celui-ci ressemble à un douanier. »

Elle sonnait encore plus faux, son encourageante remarque destinée à Selma, trop pâle et passant constamment un bout de langue sèche sur des lèvres mauves :

« Tu sais, tes compatriotes ont fait mieux que nous : il paraît qu'à l'ambassade de Suède on est obligé de rester debout, tellement il y a de monde. »

Mais il avait eu raison d'ajouter :

« Je vous en prie, Sénateur, ne faites pas de complexes. Le devoir d'assistance à personne en danger ne s'inverse pas au gré d'un traîneur de sabre. Ce n'est pas seulement à vous que nous donnons asile, mais au proscrit que nous pourrions être si nous nous trouvions un jour dans votre situation... Excusez l'emphase et laissez-moi d'ailleurs préciser : si je trouve normal de partager vos risques, je ne partage en aucune façon vos idées.

— Moi, j'avoue que j'ai un peu froid dans le dos, avait ajouté Selma. Mais *de toute façon*... »

Manuel avait aimé ces trois mots. De toute façon Selma n'avait pas le choix. Olivier ne lui avait pas demandé son avis. La générosité, le courage ne sont jamais si vrais qu'en montrant leurs limites. Manuel avait aimé aussi le bond de Selma allant soudain embrasser Maria, autre femme anxieuse de protéger un homme dont la seule présence aventurait le sien.

*

Mais la cohabitation avec des étrangers, dans une maison où deux personnes sont libres, où deux sont recluses et néanmoins contraintes de faire les gestes élémentaires de l'existence, tandis que dans le même espace deux autres, visibles pour les premières, invisibles pour les secondes, doivent continuer à vivre sans soupçonner un instant la présence de résidents fantômes, c'est forcément un délicat exercice. La plupart des gens ont une divination confuse des signes et des traces. Rien de plus tenace qu'un reste de parfum, qui trouble celui de la maîtresse de maison. Rien de plus anodin, mais de plus repérable, que de légers déplacements d'objets usuels : celui de la brosse, par exemple, que Selma pose toujours sur le dos et dont il devient singulier que s'y faufile un cheveu roux. Et que dire de cette tranche de jambon que Vic réclame et dont Maman assure d'abord :

« Elle est dans le frigo sur la troisième tablette. »

Puis, très vite, après réflexion :

« Non, c'est vrai, mon chéri, je l'ai mangée hier, alors que Vic se souvient bien d'avoir vu sa mère piocher dans l'omelette. »

Dans le quotidien, nul n'est constamment à la hauteur de ses intentions. On a beau être sur le qui-vive, un ballet d'apparitions et de disparitions, dont aucune ne doit être ratée, ne se règle pas aisément. La connaissance des lieux, la maîtrise des horaires, le remplacement de l'œil par l'oreille dressée à l'appréciation des bruits et des voix ne s'acquièrent pas en un jour. Un détail oublié prend l'aspect d'une imprudence et provoque de petites remarques, de légères frictions et, surtout, une tension nerveuse, une inquiétude d'autrui qui peut devenir une fatigue d'autrui.

Cependant, la plus sérieuse, la plus immédiate aventure, pour Manuel, s'appelait Maria et, pour Maria, elle s'appelait Manuel. Une

52

chose est de se rencontrer de temps à autre, aiguisés par l'attente, pour un moment privilégié choisi parmi ces heures, ces jours où ne sont « ouvrables » que les bras et qu'exalte déjà, avec celle des retrouvailles, la petite féerie du férié; une autre est de se retrouver en l'espace d'une heure déracinés de tout et jetés dans une vie ou plutôt une survie commune, précaire, réduite d'ailleurs à la seule communauté des sentiments, en l'absence de tout ce qui assure d'ordinaire l'insertion, la subsistance, l'enchantement et la pérennité d'un couple, y compris — puisqu'il était toujours blanc — le lien le plus puissant de tous, celui de la possession. Le tragique, certes, est un extraordinaire adjuvant de l'amour et, dans le deuil même, il apporte une sorte d'analgésique. Mais il retombe vite et, pour peu que s'allonge une relégation, les belles angoisses s'enlisent dans les petits soucis, les besoins, les peurs, les récriminations. Ce mutin le savait qui, abordant son île, criait à ses comparses :

« Vous voilà sauvés, mais attention! vous ne l'êtes pas de vous-mêmes. »

Epoux sans l'être, contraints au face à face, Manuel et Maria connaissaient d'abord cette gêne banale, un peu bête des campings mixtes où filles et garçons se contorsionnent pour se déshabiller dans l'ombre. Mince épreuve, à la vérité. Les jeunes ménages savent bien que la vraie plaie de l'intimité, c'est la brusque découverte des défauts, des manques, des tics, des faiblesses du conjoint (mais ils ont, eux, la ressource d'envelopper ça dans la peau triomphante où frémit la jeunesse du plaisir).

Que faire à deux, à longueur de journée, dans ce refuge, sinon se regarder, s'écouter, se surprendre? A ce jeu-là Maria risquait moins que Manuel, bien qu'elle crût le contraire. Se dire : « Pour cet homme important qui a tout perdu, je suis une maigre consolation », se dire : « Avec un petit bac, un poste de secrétaire chez *Gallego import-export*, comment puis-je l'intéresser? », c'était oublier que si les femmes se prennent par les oreilles, les hommes se prennent par les yeux et qu'ils ne détestent pas les bouches closes, par le baiser comme par l'admiration. Mais l'humilité chez Maria ne laissait pas reculer d'un pouce ses convictions; son silence se rassemblait longuement sur des remarques, parfois pointues; et dans les choses pratiques elle décidait avec une assurance conjugale, agaçante pour un célibataire habitué à son autonomie :

« Manuel, attention, vous passez devant la fenêtre... Manuel ne sifflotez pas, ça peut s'entendre d'en bas. »

Dévouement féminin, toujours envahissant, toujours un peu gâché dans la pratique par ses aspects tatillons. Manuel toutefois n'oubliait pas que ce dévouement venait aussi d'être héroïque; et Manuel, lui, n'estimait pas l'avoir été. Humble, non, ce n'était pas son genre, mais contrit, il s'en voulait, et il souffrait encore bien davantage d'une effrayante *diminutio capitis*. Il n'était plus rien. Rien qu'un fugitif sans ressources, sans domicile, sans métier. Rien qu'un homme de trente-sept ans dont la situation ne rachetait plus sa différence d'âge avec une fille de vingt-deux ans à qui désormais il ne pouvait offrir que l'exil, la gêne et la médiocrité. Ce genre de regrets rend agressif et, dans la tradition masculine, s'épanche sans ménagement, transmuté en aigres considérations sur la méchanceté de l'univers. Que Manuel fût un grand blessé — comme elle-même —, qu'il ne pût être son infirmier comme elle était son infirmière, Maria le savait. Qu'il eût une foule de petits travers, que malgré la consigne il ne se retînt pas de fumer, qu'il ronflât, qu'il fût gourmand, qu'il sifflotât en réfléchissant, peu importait : les petits travers, ça rend simple et vivant.

Le plus difficile à supporter, chez lui, c'était son manque d'humour; c'était surtout son côté docte d'ancien prof et son côté doctrinaire de tribun privé de public. Foi pour foi, Maria honorait la sienne : chaude et gratuite et dont à tout moment il risquait de devenir un martyr. Il pouvait être longuement intéressant, puis assommant, surtout quand il débitait des morceaux de bravoure, quand il les essayait sur elle, pour s'entendre, bien plus que pour être entendu. Il ne cessait de ressasser sa déconvenue, d'étirer des analyses, de réviser le passé :

« Voyez-vous, Maria, nous étions minoritaires et nous aurions dû nous douter que vos amis... Enfin, je veux dire : nous aurions dû nous douter que la démocratie chrétienne allait rallier l'autre camp. Si c'était à refaire, je ne serais plus partisan d'assumer le pouvoir pour transformer une société en respectant une légalité dont ne se sont pas embarrassés les militaires. »

Le plus souvent la suite lui rentrait dans la bouche, pour mitonner silencieusement dans sa tête. Puis ça ressortait un peu plus tard, sous la forme d'une autre tirade sans lien apparent avec la précédente : pure réflexion sonore poussée dehors par des réflexions muettes :

« En somme, Maria, nous donnons le spectacle d'un pays envahi par sa propre armée. Quelle leçon ! Si les soldats n'ont plus pour rôle de défendre les frontières, mais les privilèges d'un petit nombre, l'insurrection partout va devenir sainte... »

Il lui arrivait d'ailleurs de s'arrêter, de murmurer : « Je vous rase ! » Mais il recommençait. Pour le ramener à elle, Maria devait le regarder d'une certaine façon. Il cédait assez vite à ce guet de la tendresse et, dans un sourire ambigu, son visage rajeunissait soudain, ressuscitait ce beau brun qui, du moins, n'affichait jamais ce visage grave, cette satisfaction dérisoire à quoi peu de notables échappent dès qu'ils assument une charge dans l'État.

*

Et le soir revenait, interrompant ce tête-à-tête, tout de même un peu étouffant. Le grattage libérateur, Maria l'attendait comme Manuel : il n'y a pas d'amour qui n'ait besoin de se mettre en récréation. Pourtant cette petite heure entre le potage et le dessert, Olivier l'employait — pour autant que l'ambassade ait reçu de vraies informations — à réviser les nouvelles farouchement orientées de la radio. Elles étaient désastreuses. Toute résistance semblait avoir cessé. Le pays retentissait de bottes, se transformait en annexe des casernes ou des prisons. Tous les partis avaient disparu. Le grand jeu des chancelleries, c'était de compter les morts, de se lancer des chiffres, variant du simple au décuple.

Olivier, prudent, ne faisait pas de commentaires, laissant ce soin au sénateur qui, bien sûr, s'indignait en sucrant son café. La tragédie aussi a ses temps forts et ses temps faibles. Mort possible, mais vivant, retiré du drame, honteux d'être un acteur devenu spectateur, Manuel finissait par baisser le nez dans son assiette. On parlait d'autre chose. Puis, tandis qu'Olivier, revenant à l'essentiel, parlait des craintes de Fidelia — dont le mari était compromis — ou faisait le point sur les tractations de l'ambassade en faveur des réfugiés, les femmes se levaient, glissaient vers la cuisine, plongeaient dans l'eau de vaisselle et dans les confidences.

V

MENUE, tournant la tête de tous côtés, sûrement inquiète, mais laissant sur son visage lisse paraître par instants un sourire de défi, Fidelia trottine.

Les ordres de Madame sont de promener Vic. Elle le promène. Elle l'a longuement arrêté devant le puma qui, la queue de travers et travaillant des crocs, s'acharnait sur un cuisseau de bœuf. Elle lui a fait remarquer que cette bête avait de la chance de manger tous les jours de la viande.

Un enfant a besoin de leçons de choses et Fidelia a décidé de revenir du zoo par le quartier bas. Passer d'un monde à l'autre n'exige pas de commentaires. Il y a les gens d'en dessous : fourmis courant d'un trou à l'autre en transportant des choses. Il y a les gens d'en dessus, campés sur leurs terrasses et observant cette foule ramenée à la raison par ces braves petits soldats postés à tous les coins de rues et dont la mitraillette fait partie de la hanche, comme le dos rond et l'air soumis des passants font partie du bon ordre. Cette foule maigre qui baisse la voix pour dire les choses les plus innocentes, qui n'ose plus se resserrer, mais va par petits paquets, bien surveillés, lorgner les éventaires en se contentant le plus souvent d'écarter les narines au-dessus des victuailles, c'est un spectacle plus rassurant que celui des cortèges compacts hérissés de drapeaux qui, voilà un mois, descendaient encore l'avenue de l'Indépendance vers la place de la Liberté. Tout va bien. Enfin tout va mieux. Là-haut, des dizaines de silhouettes attestent qu'on prend le thé, jumelles en main, pour contempler d'aventure la brève opération de nettoyage d'une patrouille enfonçant à coups de crosse la porte d'un suspect...

Balade instructive et sans danger. Fidelia sans doute est une métisse, de bronze et de jais, enveloppée dans une méchante petite robe jaune à raies brunes. Mais elle donne la main à Vic, en se tenant légèrement derrière lui. Elle conduit son petit monsieur en prenant soin qu'il la précède. Qui s'y tromperait ? Tenant de son père, Vic, à huit ans, en paraît onze : il est d'un rose recuit et sommairement vêtu d'un jean coupé à mi-cuisse, d'un polo à l'effigie de Juan Llapel, le célèbre avant-centre. Mais ses bonnes chaussures, son bracelet-montre font foi de sa qualité. Au surplus, tenant de sa mère, il est blond — plus paille que lin — et il a les yeux bleus — plus myosotis que pervenche.

« *Hur mycket är klockan ?* » demande-t-il.

C'est un jeu. Fils d'un Angevin et d'une Dalécarlienne, il a quatre langues dans la bouche :

le français paternel, le suédois maternel, un anglais sommaire — bafouillé à Ottawa, à Delhi, derniers postes des Legarneau — et un rudiment d'espagnol assaisonné de vocables étranges empruntés aux précédents idiomes et vaguement hispanisés. Fidelia, à qui ce don des langues inspire une sorte de respect, doit répondre dans son dialecte natal que Vic est en train de défricher.

Cette fois elle n'en aura pas le temps. Le discret bourdonnement de la foule s'éteint, son piétinement s'accélère pour la disperser. Qui braille ? Une très belle queue s'allonge devant un magasin dont quatre policiers sont en train d'extraire deux courtes femmes au teint foncé, aux cheveux plantés à mi-front et qui osent contester le prix du poisson. On les embarque, déjà muettes, et la queue se rabat contre le mur, peureuse, rigide, alignée comme une série de bâtons sur un cahier d'enfant, pour laisser passer ce blondinet escorté par une fidèle servante :

« *Que han hecho, estas niñas ?* » dit Vic, passant à l'espagnol.

Fidelia prend son temps. Il est préférable de s'éloigner, de tourner sept fois sa langue dans sa bouche avant de fournir à la petite classe un vague début d'explication :

« Elles sont pauvres, dit-elle enfin. Elles trouvent que c'est trop cher.

— Et alors ? dit Vic. Maman s'en plaint aussi.

— On peut le dire chez soi, rétorque Fidelia. Pas dehors : ça devient de la politique. »

L'avenue remonte. Fidelia allonge le pas, cherchant ses mots :

« Les pauvres, ces temps derniers, ont voulu se débarrasser des riches. Maintenant, tu comprends, c'est le contraire.

— Hé! dit Vic, superbe de logique. On ne peut tout de même pas arrêter tous les pauvres. Qui est-ce qui travaillerait pour les riches ? »

Fidelia rouvre la bouche, hésite et finalement se tait. On ne sait jamais : un enfant a vite fait de trahir une confidence, et la plus anodine, en ce moment, peut coûter cher. Surtout dans sa situation. La pente devient raide : elle souffle un peu, elle se voûte, elle se recroqueville si bien que l'épaule de Vic lui arrive presque au menton. Oui, mieux vaut ne rien dire. Mieux vaut ne rien voir, ne rien savoir.

Elle aurait pourtant bien envie de poser des questions. Elle l'a encore remarqué tout à l'heure, avant de sortir : la maison sentait le tabac et pourtant ni M. ni Mme Legarneau n'ont jamais fumé devant elle. La chemise qui séchait sur la corde à linge, dans la cour, était beaucoup trop étroite pour Monsieur et la culotte, pincée par deux épingles de plastique, n'était pas l'une de celles de Madame. Depuis quelques jours d'ailleurs le réfrigérateur est anormalement plein. Il est hors de question de recevoir quiconque, le soir, de braver le couvre-feu; et si Madame a voulu faire des provisions de sécurité, comment malgré son travail, malgré son état, a-t-elle pu s'imposer les queues que cela suppose ?

« Nous y voilà », dit Fidelia.

D'un quartier à l'autre, passé le raidillon, la coupure est brutale. Les arbres du parc pointent; les jardins s'élargissent, gardés par des chiens gras, aux abois graves, ou hantés par des chats bien fourrés; les toits chapeautent largement des pavillons que les pick-up transforment pour la plupart en grandes boîtes à musique déversant par les fenêtres ouvertes un salmis de doubles croches. Pourtant Fidelia sursaute et Vic lui-même s'arrête, médusé. D'une rue adjacente débouche une colonne de gamins, coûteusement affublés, qui en indiens, qui en carabiniers, qui en David Crockett, mais tous armés de fusils de plastique moulé. Ils sont une douzaine, encadrant six prisonniers d'âges divers aux mains croisées sur la tête. Ils piquent droit sur le mur d'enceinte, ils bandent les yeux des condamnés avec leurs mouchoirs, les collent contre la maçonnerie et se regroupent devant eux pour former un peloton d'exécution. Le chef s'écarte : ce n'est pas le plus grand, mais le porteur de la plus belle panoplie qui lui confère le grade de général.

« Vous ne pourriez pas jouer à autre chose, non ? proteste la sentinelle la plus proche.

— Feu! » crie le chef, abattant le bras avec conviction.

Douze bouches crachent une rafale d'onomatopées. Les victimes tombent, avec prudence d'abord, puis en prenant soin, une fois à terre, de paraître très mortes, de s'étaler les bras en croix, les jambes en équerre, de retenir leur respiration, tandis que le chef, six fois, crie *Pan*! en leur appuyant sur la tempe un revolver à bouchon. Mais bientôt elles n'y tiennent plus; elles ressuscitent en criant :

« Maintenant on change! C'est toujours nous, les fusillés. »

Fidelia, indignée, a déjà entraîné Vic, atteint la grille, sorti sa clef. Ayant levé les yeux — et de nouveau sursauté —, elle va laisser tomber son trousseau, le ramasser, s'offrir une quinte de toux avant d'ouvrir. Ainsi le coin du rideau aura le temps de retomber et l'ombre entrevue celui de disparaître.

VI

A FLEUR de toit que rend sonore la frappe inces-
sante des gouttes, il pleut sans que rien n'en
paraisse dans ce réduit au poutrage si sec et
pourtant animé par cette eau qui glisse sur la
tuile, qui cascade menu avant d'aller glouglou-
ter plus bas dans le chéneau. Pour Maria ce
serait plutôt l'inverse : c'est en dedans qu'elle
se sent fondre. Encore heureux qu'elle ait pour
se donner contenance mission d'achever le pull
de laine blanche commencé par Selma à l'intention de son fils. Ses coudes, ses grosses aiguilles de plastique forment un hérisson défensif :
contre Manuel, très encombré de son corps et
qui se replie et qui se déplie et qui palpe une
pelote et qui touche une épaule en grognant :

« Je ne supporte plus cette cage. Il y a deux
bicyclettes dans le garage : j'irais bien faire un
tour avec vous !

— Auriez-vous assez de la vie ? » dit Maria.

Pur encouragement : elle aussi se risquerait
volontiers dans la rue. Un refuge, quand le danger presse, on s'y recroqueville avec soulage-
ment; mais très vite on s'y sent frustré de sa
vie. Si pour ses ennemis Manuel a disparu, il ne

l'est pas moins à ses propres yeux. Ce réduit est devenu prison : une prison paradoxalement destinée à lui éviter la véritable, à lui conserver la liberté à condition de ne plus s'en servir.

Encore dolente et s'en voulant de l'être et s'en voulant de penser qu'elle pourrait cesser de l'être, Maria tricote de plus belle, s'embrouille dans ses mailles, ses regrets, ses espoirs. Ses morts l'ont pourchassée toute la nuit, ramenant avec eux une coupable stupeur. Comment a-t-elle pu les abandonner, comment a-t-elle pu renoncer à leur rendre les derniers devoirs pour suivre Manuel ? Comment peut-elle s'avouer qu'en épargnant celui-ci, celui-ci seulement, l'abominable hasard lui a fait comme une grâce ?

« Maria ! » murmure Manuel dont la main, lentement redescendue le long du bras de Maria, cherche maintenant à dénouer sa ceinture.

Maria se rétracte, mais ne se formalise pas. Est-ce sa faute si la promiscuité devient l'insistante occasion du désir ? Est-ce sa faute si dans l'absolue défaite, annulant vingt ans d'âpres efforts qu'il a pu croire un moment victorieux, Manuel cherche où il peut sa revanche ? Elle a penché la tête contre la sienne. Il ne faut pas qu'il se figure qu'on lui résiste parce qu'il est diminué, alors que tout au contraire il semble plus accessible à une fille depuis trois mois soucieuse de n'avoir rien ajouté — si même elle n'a rien ôté — à la dimension d'une vie publique. Il ne faut pas qu'il se figure qu'on est si glorieuse de ce que du reste il ignore et qui a tant étonné

Selma, quand il a fallu lui avouer, confuse, que les pilules proposées — avec la même confusion — n'étaient pas nécessaires. Certes, sans se donner trop de prix, on ne s'en donne pas trop peu; on préférerait ne pas céder, pour la première fois, à la surprise. Mais ne comprend-il pas, Manuel, qu'on veut respecter son chagrin, qu'on s'interdit de réincarner Carmen, qu'on se punit?

— Excusez-moi », dit Maria, détournant la main qui s'égarait.

*

Manuel s'est soulevé, s'est écarté, patient, mais frémissant de ce qui lui court dans le sang. Il s'est mis à genoux devant l'espèce d'œilleton qu'il a pratiqué dans le toit, côté rue, en déposant un panneau du doublage et en relevant une tuile dont il a calé le talon avec un bout de bois. C'est l'observatoire qui lui permet de savoir qui entre, qui sort, d'assister au passage des rondes quand retentit leur pas cadencé, de surveiller la relève des factionnaires, les sorties et les rentrées des riverains aux heures prévues par le couvre-feu. Souvent il ne va chercher là qu'un prétexte à se servir de ses yeux, à disposer de la longueur du regard, plus libre que lui-même, tandis qu'en fait c'est son personnage qu'il espionne, qu'il décrit à mi-voix. Cette fois, il murmure :

« Je me méfie des romantiques, Maria, et je crois que chacun se doit de se conserver pour sa cause. Mais quand on a tout perdu, sauf soi-même, on n'aime pas sa sécurité. J'ai honte de ne rien faire, j'ai honte de ne rien subir. »

Une minute plus tard il reprend :

« D'ailleurs toi aussi tu penses que nous n'avons pas droit au bonheur. »

Il attend, il souffle encore :

« Autour de nous c'est l'enfer. On ne se taille pas un paradis dans l'enfer.

— Chut ! » fait Maria.

Elle a remarqué que Manuel venait de la tutoyer. Les commentaires — et Dieu sait s'il en débite toujours ! —, cela le soulage, mais il faut les arrêter tout de suite quand il hausse le ton. La pluie semble avoir cessé : son bruit fluide a fait place à un jeu de sautillements, de griffades légères. Manuel, qui observe les alentours, constate :

« C'est curieux, la voiture des Legarneau reste rangée contre le trottoir. Fidelia a au moins une heure de retard. »

Il revient s'allonger sous l'étroite lucarne de verre teinté par où ne pénètre — côté jardin — qu'une lumière pourprée propice aux manipulations photographiques. Les plâtres de la cloison, le peignoir qu'a emprunté Maria, le chandail de Vic en sont comme teints en rose. Devant lui Maria est enfoncée dans ces cheveux que l'étroitesse du réduit transforme en tête de loup et dont il doit retirer chaque matin quelques toiles d'araignée. Manuel se tourne et se retourne sur les bosses d'air du matelas pneumatique. Il réfléchit, il sifflote, il plisse les yeux, il prend des notes sur son petit carnet dans la pénombre. Enfin montent des éclats de voix confus, moins riches apparemment d'explications que de lamentations. Une porte bat. Une voiture démarre. Un aspirateur se met en marche.

Pas pour longtemps; un preste froufrou d'ailes dénonce l'envol des moineaux égratigneurs de zinc, donc l'approche d'un visiteur. Manuel, qui continuait d'écrire, se contente de tendre l'oreille. L'aspirateur apparemment est échangé contre un balai. Un pas d'homme tantôt sec (il marche sur le parquet), tantôt feutré (il marche sur du tapis) fait la navette dans la salle commune, puis dans le couloir où des chocs sur les plinthes, mêlés à des propos obscurs, révèlent que Fidelia discute en continuant son ménage. Peu à peu la conversation, ponctuée de gémissements, devient plus nette; il y revient sans cesse le nom d'un certain Pablo. Enfin voilà, franchement audibles, Fidelia et son interlocuteur piétinant sous la trappe :

« Moi, dit l'homme, je retourne au village et je te conseille d'en faire autant.

— Pour vivre de quoi ? rétorque Fidelia. J'ai deux gamines à nourrir et je ne vais pas laisser Pablo seul dans son trou.

— Ne bougez pas, Manuel ! » chuchote Maria.

Trop tard. Manuel rampe déjà vers la trappe séparée du plafond par un faible interstice qu'il a aussi un peu bricolé : l'encoche laisserait difficilement passer une allumette, mais elle permet quand même de distinguer une tache noire, qui est une fanchon, se détachant sur la tache jaune d'une robe à proximité d'une tache gris clair, probablement un fond de casquette appartenant au propriétaire des deux bras qui gesticulent alentour. Mais Manuel n'en verra pas davantage : il a oublié de retenir sa respiration et, le nez au ras du sol, il inhale d'un coup tant de poussière qu'il ne peut retenir un éternuement :

« Quoi ? Qu'est-ce que c'est ? » fait le visiteur.

Le silence qui suit, figeant les uns et les autres, leur apprendra au moins qu'ils partagent la même frousse.

« Ce doit être le chat », dit Fidelia, au bout d'une minute.

Le ton n'est pas celui de la conviction et il ne saurait l'être, car il n'y a pas de chat dans la maison. Des souliers craquent. On s'éloigne :

« Tout compte fait, dit encore Fidelia dont la voix s'estompe, je griffonne un mot pour Madame et je m'en vais. Il faut que j'essaie de voir Pablo... »

*

Midi : Fidelia n'a pas reparu. L'escalier s'est déplié sans le moindre grincement grâce à l'huile de voiture trouvée dans le garage et dont Manuel a oint ses articulations. La première chose qui saute aux yeux dans la cuisine, c'est une feuille de papier quadrillé arrachée au livre de comptes et qui se trouve épinglée sur le rideau à fleurs. Pas de scrupules ! Si les cinq lignes tracées au crayon bleu, d'une écriture torse, collant les mots, sans points, sans virgules, sans signature, ne leur sont pas destinées, elles intéressent au moins autant les reclus que le vrai destinataire. Sans même bouger les lèvres ils déchiffrent ensemble :

« *Madame mon frère arrive Pablo dont je*

vous ai dit qu'il n'était pas rentré a bien été arrêté avec d'autres camarades on croit qu'il est à la prison centrale pardonnez moi je laisse tout en plan je meurs d'inquiétude j'y vais voir.

— Pour nous c'est plutôt rassurant, avoue Maria. Si Fidelia se doute de notre présence, elle a de bonnes raisons pour ne pas la trahir.

— Oui, dit Manuel, mais si les enquêteurs, après le mari, veulent entendre la femme, ils peuvent l'interroger assez méchamment pour lui faire lâcher le morceau. »

L'œil aux aguets, il glisse vers le living et stoppe aussitôt sur le pas de la porte : Fidelia, en partant, a refermé les fenêtres, mais n'a pas tiré les rideaux. Par bonheur il recommence à pleuvoir : il n'y a personne dans les jardins proches. Reste la sentinelle plantée le long du mur du parc et qui s'est déportée sur sa gauche pour s'abriter sous le paulownia. Seule solution : ramper sur le parquet pour atteindre les cordons de tirage. L'opération a quelque chose de si cocasse que Maria ne peut s'empêcher de rire.

*

L'enjeu, c'était l'accès au poste. Manuel vient de tourner le bouton et les premières images vont tout de suite le punir. Rafle dans une filature, rafle dans les docks, rafle dans un centre agraire : aussi brutales les unes que les autres et cyniquement filmées pour que nul n'en ignore.

« En ville comme à la campagne, commente allégrement l'annonceur, l'armée poursuit la recherche des suspects. »

71

Poussés à coups de crosse dans les reins, les suspects, en bleus, en poncho, en complet veston, basculent à plat ventre sur les plateaux des camions, tandis que leur marchent dessus de jeunes recrues dont le visage poupin disparaît à moitié sous le casque à bride et qui vont, le doigt sur la gâchette, s'accoter aux ridelles. Les spectateurs, gâtés, auront même droit à une fournée de femmes pilonnées de la même façon par leurs gardes, égrillards, ceux-là, et rigolant ferme, mitraillettes braquées sur les fonds de culotte qui apparaissent sous des jupes retroussées. Mais l'annonceur enchaîne :

« Maintenant, voyons le gros gibier. »

L'écran papillote. Un premier portrait passe à l'envers. On le retourne, si mal cadré qu'il se trouve coupé en deux :

« L'épuration a dû sévir parmi les techniciens », dit Manuel.

Enfin défilent des visages piquetés de barbe, percés d'yeux caves, offerts de face, puis de profil selon les meilleures traditions de l'Identité judiciaire. Chacun, bien sûr, a droit à son couplet :

« Celui-ci, hein! vous le reconnaissez? J'entends d'ici gronder les ménagères dont il était l'ennemi public. L'affreux Valverde, le grand patron de la pénurie, où croyez-vous qu'on l'ait trouvé? Je vous le donne en mille! Il se cachait sous le lit d'une prostituée.

— Voilà des gens qui connaissent leurs classiques, dit Manuel. Machiavel, déjà, recommandait de déshonorer l'adversaire. »

Mais ce n'est rien, le meilleur arrive. Un quidam à visage aplati prend le relais, proclame que trop d'affreux ont pu se soustraire au châtiment, que les débusquer est un devoir national, d'ailleurs très bien récompensé :

« Un demi-million de prime ! Vous me direz que ces gens-là vont encore une fois nous coûter cher, mais au moins ce sera la dernière. Regardez bien. Le client du jour... »

Panne. L'écran devient noir. Il y passe une cavalcade de points, de traits, de zigzags accompagnés d'éructations confuses. Et puis soudain Maria s'écrie : « Non ! » Le client du jour est en face d'elle ; le client du jour est à côté d'elle et le vrai regarde son double.

« Ohé, Manuel Alcovar, chante le poste, où êtes-vous donc ? Que dites-vous donc ? Seriez-vous devenu aphone ? C'est curieux, je ne vous entends plus. »

En effet le son est coupé ; l'ébouriffé qui en plein air harangue on ne sait qui, ouvre la bouche, la referme, lance un bras en l'air, semble se mimer lui-même ; Démosthène ridicule au pays du silence. Le quidam exulte :

« Eh bien quoi, sénateur ! Vous me faites penser à votre petit copain qu'on avait surnommé le rossignol de la Révolution. Pour le bonheur de la canaille celui-là, aussi, soufflait du vent. Mais couic, le rossignol a ravalé ses doubles croches ! Les oreilles nous bourdonnent encore, Alcovar, de vos appels à l'émeute, et bientôt, soyez-en sûr, nous prendrons soin de vos cordes vocales. »

*

Fin de l'émission qui, en capitales noires sur fond de drapeau national, répète son titre : AIDEZ-NOUS. Le titre s'efface pour livrer l'écran à l'intermède publicitaire qui précède les Actualités. Manuel va les regarder jusqu'au bout sans piper. Hors du monde, relié à lui par ce qu'ont décidé d'en montrer les maîtres du jour, il est le prisonnier de cette boîte à le dénoncer comme il l'est de cette boîte à le cacher où la première fait en vain son office, ressassé par d'innombrables autres. Il est un peu blanc, mais sous un sourire satisfait. Oui, satisfait. On le menace, donc il existe encore. L'information coule sur lui comme la pluie sur la pelouse. Acclamations, déclamations de commande, enfants à bouquets, pucelles honorées de baisers officiels, bons vieillards exprimant leur joie patriotique, ambassadeur expliquant que son pays est le seizième qui reconnaît la Junte, grand-messe à la cathédrale où le cardinal va chercher à la porte le général-président entouré de douze autres étoilés plus ou moins ministres de quelque chose. Manuel réagit enfin :

« Douze généraux, douze apôtres, le compte y est ! Quel beau peloton pour fusiller Jésus, ce factieux ! » murmure-t-il, jetant un coup d'œil à Maria, fort gênée.

Mais aussitôt il change de ton :

« Vous avez reconnu le bout de film qu'ils ont truqué ? C'est un extrait du discours que j'ai prononcé le jour où nous nous sommes connus. »

VII

Il pleuvait toujours. Manuel, pour occuper cet après-midi où le rez-de-chaussée reste accessible, noircissait du papier, dans le bureau d'Olivier; et près de lui Maria, comptant ses points pour les diminutionsdesemmanchures,s'occupaitausside ses souvenirs.

Oui, ce fut bien le jour, puisqu'il nous faut des dates à cocher d'une étoile sur le calendrier : le jour ou, plus exactement, la nuit : *à vingt-deux heures sept le samedi 20 juin sur le passage pour piétons coupant l'extrémité de l'avenue de l'Indépendance*, comme en fit foi la déclaration annexée au dossier de la compagnie d'assurances.

Oui, ce fut bien le jour. Mais elle ne l'avait jamais avoué à Manuel : le fameux discours — qui le datait —, ce discours prononcé au lendemain d'une première tentative de coup d'État, lors d'une manifestation massive de soutien au gouvernement populaire, elle ne l'avait pas écouté. C'est le dimanche seulement qu'avec un intérêt soudain, devant le poste réservé aux accidentés de la salle 7, elle en avait entendu un passage repris par les Actualités. La voix était superbe, le geste sûr, et l'orateur transfigurant l'homme, le visage se médaillait sur l'écran. Ce que tonnait Manuel, elle ne s'en souvenait pas. Une phrase surnageait vaguement. C'était quelque chose comme :

« La loi, seulement la loi ! Mais nous irons jusqu'au bout de ce qu'elle nous permet, contre ceux que nous savons prêts à aller jusqu'au bout de ce qu'elle leur défend. »

Ce samedi 20 juin en tout cas, revenant de dîner chez ses parents, elle était de fort méchante humeur. Embossée à l'angle de l'avenue et de la place de la Liberté, elle n'attendait qu'un taxi. Elle n'attendait rien d'autre et surtout pas un homme. L'éternel reproche : *Pourquoi ne te maries-tu pas ?* associé à l'autre : *Sinon, pourquoi vivre toute seule ?* (sous-entendant, il va de soi, le contraire), l'insistance d'un père vantant les vertus fonctionnaires de l'excellent petit cousin Raul, l'acrimonie d'une belle-mère furieuse de n'avoir plus de belle-fille à réduire en servage et, pour couronner le tout, les propositions gaillardes d'un suiveur l'avaient exaspérée. Et voilà que ce dernier, ni vieux ni jeune, ni beau ni laid, portrait robot du bonhomme quelconque dont le dégoût ne retient pas un seul trait, osait lui crocheter le bras. Et pif, et paf, la gauche, la droite parties en même temps lui remettaient la tête en place, le laissaient planté sur l'asphalte, furieux, mais criant tout de même :

« Attention, idiote ! »

Parce que, dans la hâte d'échapper, Maria

traversait sans regarder. Au nez d'une voiture. Qui malgré le feu vert stoppa en deux mètres, les freins hurlant aussi fort que le chauffeur, mais ne put éviter de rouler sur un pied droit dont tourna la cheville. C'est en sautillant sur le pied gauche que Maria dut accueillir ce garçon trapu à visage carré, barré d'une moustache en trait, qui ouvrait la portière et se précipitait pour lui porter secours, la laissant balbutier plusieurs fois :

« C'est à cause de ce type... »

Ce qu'on remarque en de tels instants, on ne saurait l'expliquer. Tandis qu'il se baissait, ce garçon, et à genoux, d'autorité, palpait le pied tordu, le déchaussait, mettait dans sa poche l'escarpin à talon cassé, Maria, en équilibre instable, observait à la lueur laiteuse d'un réverbère cette raie bien nette, partant d'une tonsure à peine grande comme une pièce de monnaie pour filer vers le front dans le même axe que la forte arête du nez. Mais la raie, le nez, la moustache, le menton carré remontaient déjà à sa hauteur et c'est la voix chaude, modulée, qui devint surprenante pour ne rien dire, cependant, qui le fût :

« Vu ! A mon avis il n'y a rien de cassé. Vous avez une belle entorse. Prenez mon bras. Bien entendu, le salaud qui vous importunait s'est éclipsé. »

Du suiveur en effet, à plus de cinquante mètre, le dos s'enfonçait dans la nuit. Clopinant, accrochée au bras de l'inconnu, Maria se retrouva d'abord assise sur un banc dominé par la statue de la Liberté nourrissant dans l'ombre deux jumeaux symboliques, puis après quelques hésitations sur le siège arrière d'une Volvo filant vers l'hôpital. A la souffrance près, taraudant son pied nu, elle éprouvait surtout de la confusion : un vague sentiment d'avoir, sous prétexte de soins, consenti à son propre enlèvement.

*

Intriguée par ce visage qu'elle avait vu quelque part, ce ne fut pas elle pourtant qui le reconnut; et pas davantage le scribouillard de l'admission ni les filles de service. Ce fut le médecin de garde : un maigriot à blouse immaculée, bien peigné, bagué d'une chevalière d'or parallèle à une alliance de platine. Repérant l'insigne fiché dans sa boutonnière, il en dévisagea le porteur et faisant la grimace jeta, agressif :

« Alors, monsieur Manuel Alcovar, on écrase les jeunes filles maintenant? »

La protestation de Maria parut le décevoir :

« Franchement, docteur, c'est ma faute. »

Mais le coup d'œil inquiet de la blessée, sa petite moue — exprimant seulement le regret d'avoir été si peu physionomiste — lui donnèrent le change :

« Dommage! grinça-t-il. La presse aurait soigné la publicité du sénateur.

— Au moins vous, vous ne cachez pas votre sympathie! » fit Manuel amusé, en se retirant.

Une heure plus tard, après une radio, le praticien achevait de plâtrer sa cliente. Il n'avait pas cessé d'exciter la *victime* contre le *chauffard* qui décidément, pratiquant le gros et le détail, valait au volant ce qu'il valait sur l'estrade. Paternel, accordant à Maria deux mois d'incapacité de travail, il terminait en lui tapotant la joue :

« N'ayez pas peur : on vous défendra. De toute façon, ce monsieur n'a pas été maître de sa voiture, n'est-ce pas ? Avec le certificat que je vais vous signer, vous pourrez l'attaquer en dommages-intérêts. »

*

Qui ne demande rien, parfois, obtiendra beaucoup. Alcovar, vraiment ? Le « tenorino » de la Révolution ? Maria n'éprouvait d'ordinaire qu'indifférence à l'égard des politiques. Le sénateur jouissait d'une réputation d'orateur avantagé par son physique comme peut l'être celle d'un acteur ou d'un chanteur. Une flatteuse légende assurait qu'orphelin, élevé par charité, puis carrier, puis mineur, il avait fini par entrer à l'École normale. On était très divisé à son sujet dans la famille.

« C'est un prof comme moi, mais qui a fait sòn trou, disait le père.

— C'est un de ces bavards qui jurent de rendre quotidien le miracle de la multiplication des pains et qui pour l'instant nous fichent dans le pétrin », grinçait la belle-mère, répétant une formule chère au curé de la paroisse.

Maria n'avait pas d'opinion. Elle ne s'en vantait pas, mais elle avait quelque part un rôle discret, pratique, réclamant plus de soins que d'idées, susceptible de lui faire comprendre la vocation du sénateur. Ça lui suffisait. Ça continuait à l'occuper, en même temps que son petit combat personnel de fille d'un premier lit évadée à vingt et un ans d'un rôle de cendrillon et retombée, pour vivre, sous la coupe d'un chef de bureau alternant la hargne et la galanterie. Alcolvar, vraiment ? C'était lui ? Et alors ? On a sa fierté. On ne fait pas de chantage à la notoriété. Manuel Alcovar appartenait à un parti dont les célébrités jouissaient d'un traitement strictement calculé pour leur permettre de rester pauvres. Mais eût-il été riche — et dans son tort — que Maria, par défi, se fût fait un plaisir de lui faire cadeau de toute indemnité. Maria n'aurait pas su dire pourquoi, mais cela l'agaçait de repenser à ce visage carré, sérieux, où la petite moustache tirait un trait au-dessus d'une lèvre charnue, pourpre, appétissante comme un fruit. Elle ne souhaitait en aucune façon le revoir.

Or le lendemain, dès l'ouverture des portes, à l'heure de la visite, il s'était pointé, le sénateur, au chevet de Maria, qui à son grand étonnement venait d'être retirée de la salle commune et transférée en chambre particulière — « aux frais et sur demande de la famille » —, d'après l'infirmière-major. Il tenait dans une main un bouquet de ces jeunes roses forcées dont, sur un cœur compact, se retournent deux ou trois pétales pourpres à revers orange; et, dans l'autre main, un formulaire de constat à l'amiable plié dans une pochette bleue timbrée de la

devise du parfait accidenté : *sang-froid, politesse et sincérité.*

« Nous avons cinq jours, avait-il dit, mais
mieux vaut sans attendre faire le nécessaire. »

Pour se couvrir ? Même pas. Il avait ajouté :

« Mieux vaut aussi que mes freins m'aient
trahi : je suis assuré tous risques. »

*

Tous risques, vraiment ? Il en négligeait quelques autres. Comment, déjà, regarder sans
embarras cet homme important qui déposait
toute importance et, plein d'attention pour une
gamine de rien du tout, enlevait lui-même une à
une les épingles qui retenaient le bouquet dans
son papier cristal, trouvait un vase, y disposait
les roses, se piquait, se suçait un doigt emperlé
d'une petite goutte de sang et enfin tirait son
stylo pour compléter sa déclaration... Nom ?
Prénom ? Age ? Profession ? Adresse ? D'une
pierre deux coups, il n'avait qu'à noter ; il pouvait pour la même raison fournir son pedigree
en échange, glissant sur ses titres, insistant
légèrement sur ses trente-sept ans, puis sur son
célibat — salué du demi-sourire que méritait le
fait d'être sur ce point payé de retour :

« Et maintenant on signe. A chacun son
exemplaire : j'enverrai le mien à la compagnie.

— Moi, je garderai l'autre pour l'auto-
graphe ! » dit Maria, dardant l'œil.

Épreuve inutile : l'homme était modeste ou
trop habitué à la notoriété pour réagir. Il tournait la tête, montrant la touffe de poil jaillie de

son oreille. Sans que personne l'y encourageât, il murmurait des choses :

— Excusez-moi, Maria, il faut que je vous le dise : hier soir, vous m'avez fait peur. Mes parents, petits instituteurs de campagne, ont été tués voilà trente ans dans une collision. Je suis sorti vivant du tas de ferraille où ils venaient de mourir. Alors vous comprenez... »

Sur la chaise, près du lit laqué blanc au long duquel Maria, assise, laissait pendre ce plâtre à bords ouatés d'où dépassaient cinq orteils roses, il se tassait; et dans l'intimité d'une pièce trop claire, faite pour encadrer toutes sortes de blessures, il respirait profondément de vagues relents d'éther. Enfant seul, homme seul, un instant lassé de ses revanches et pourtant, dans son goût de la phrase, laissant percer le sermonnaire, il continuait :

« Ne vous y trompez pas, ça explique aussi le reste. Quatorze ans d'Assistance dans ce pays où c'est encore une chance d'y être recueilli, si marâtre qu'elle soit, ça marque. J'ai trop connu la charité pour ne pas lui préférer la justice. »

Heureusement, changeant de regard, il pointait cet index à l'ongle carré, cannelé, d'ancien manuel à main forte :

« Votre pied vous fait mal ?

— Non », dit Maria.

L'index hésita, remonta, se mit en crochet pour gratter une tempe légèrement frangée de gris :

« Vous avez besoin de quelque chose ?

— Non », dit Maria.

Décontenancé, mais chassant tout à fait le

sénateur, Manuel éclata de rire et risqua une dernière question, posée de telle sorte que la négative pût devenir acquiescement :

« Vous m'interdisez de revenir ?

— Non », dit Maria.

Et c'est pourquoi durant la semaine que Maria avait dû passer à l'hôpital, il était revenu tous les jours.

VIII

C'est Éric, l'attaché militaire, qui crie les noms,
pointe la liste, vérifie les papiers. L'assiste un
civil à dos raide et visage doucereux qui recon-
trôle tout minutieusement avant d'accorder
son *exeat* d'un méprisant petit geste de la
main. Le patron n'intervient pas directement. Il
se tient même assez ostensiblement à l'écart. Il
n'a jamais tant eu l'air de ce qu'il est en dehors
de ses fonctions : un gastronome replet qui
déteste être appelé « Excellence », un pêcheur
de truites, aimant mouiller du nylon au bord
du petit lac où il a loué pour ses fins de
semaine un chalet de rondins. Au délégué de la
Junte, qu'il ne connaissait pas, il s'est comme
d'habitude présenté lui-même, un doigt sur le
sternum et disant simplement :
« Mercier ! »
Puis il l'a planté là. Mal cravaté, bedonnant
ferme dans un pantalon qui gode aux genoux, il
reste coi ; il observe les carabiniers qui dans la
rue ont reculé de trente mètres, puis la file
craintive des réfugiés autorisés à monter dans
le car qui, tous rideaux tirés, doit les conduire à

l'aéroport. Le tic, qui parfois lui fripe une joue, alerte Olivier, planté près de lui :

« Vous êtes sûr que, là-bas, ils ne vont pas...

— Je ne suis sûr de rien, grogne l'ambassadeur. Je crois qu'ils ne peuvent pas créer un grave incident diplomatique en reniant leurs sauf-conduits, alors qu'ils ont convoqué eux-mêmes les cameramen pour filmer l'envol. Ils ont besoin de cette publicité faite à leur indulgence. Lâcher quelques sous-fifres accompagnés de deux ou trois têtes d'affiche dont les conseils de guerre ont déjà fait leur deuil et perpétrer ailleurs un discret génocide, ça va très bien ensemble. »

Si c'est un lâcher gratuit, si c'est un échange à clauses secrètes, il ne le dira pas. Il tique de nouveau : un imprudent vient de lever le poing avant de disparaître. Le grand salon, le hall bourdonnent d'adieux, de recommandations de dernière heure :

« Surtout n'oublie pas tes gouttes ! répète une maigre dame en étreignant un vieux monsieur à barbiche.

— On assure sous le manteau, reprend l'ambassadeur, qu'ils en profitent pour mitrailler de l'Indien : ce qui sous divers prétextes relève ici de la tradition. Mais tuer du Blanc, ça les embête un peu, encore que ces Blancs-là, ne l'étant que de peau, ne soient pas des morts à part entière. »

Une malade passe sur une civière, suivie par une fillette qui tient en laisse un caniche nain. Le délégué de la Junte refuse le caniche pour raisons sanitaires. Dehors c'est le charivari;

par-dessus les uniformes verts, par-dessus les casques s'évasant sur des visages de terre cuite aux yeux de faïence, pleuvent les invectives d'un courageux quartier chic. Les balcons d'en face sont même garnis d'élégantes puisant, dans des paniers tenus à bout de bras par leurs bonnes, les œufs et les tomates dont elles se font un joyeux devoir de lapider les exilés. Un officier bouscule un opérateur assez naïf pour essayer de filmer la scène. Prelato, le commissaire du secteur tourne autour du car, la bouche tordue par un rictus de fauve qu'on a privé de sa viande. Cependant la file s'épuise : une dernière venue — Carmen Blaias, l'apôtre du planning, sifflée avec rage — attrape au vol une tomate, la met sur son cœur en criant merci et, y plantant la dent, s'engage sur le marchepied.

« Vous ne voulez vraiment pas que je les accompagne ? fait Olivier.

— Non », dit M. Mercier, qui se roule une cigarette.

D'un coup de langue souvent critiqué par les gourmés, il lèche un Job gommé qu'avec son gris il fait par la Valise tout droit venir de France :

« Non, reprend-il, depuis dix jours on vous a trop vu, malmenant au besoin une flicaille trop zélée. J'ai reçu une note, fort aigre, à votre sujet. De toute façon, pour impressionner, mieux vaut que ce soit moi le convoyeur. »

Il fait un pas, il se retourne, il ajoute plus bas :

« Quant à votre protégé nous en reparlerons. Pour lui, je le crains, ce sera très difficile d'apitoyer les militaires. Vous le savez comme moi, ils ont fait mettre en pièces un chanteur populaire dont les scies rameutaient les foules... Un peu comme si chez nous on écorchait vif Léo Ferré pour lui apprendre à ouvrir les cœurs avec une clef de sol! Rien désormais n'est plus coupable ici que l'éloquence... A tout à l'heure! »

Emboîtant le pas du délégué de la Junte qui vient de regagner sa voiture, le patron fonce vers une DS noire à fanion, rangée derrière le car dont les portes viennent d'être fermées à clef. D'ultimes huées saluent le départ que les carabiniers n'honoreront pas d'un garde-à-vous malgré la présence des officiels, mais dont on saura bientôt que dans les quartiers pauvres, en dépit du secret de l'opération, en dépit des motards d'accompagnement, une mystérieuse consigne va figer les passants tout au long du parcours. Olivier se rapproche d'Éric, qui rempoche sa liste :

« Combien nous en reste-t-il?

— Plus du tiers, bougonne l'attaché militaire, et ça va poser de sacrés problèmes. Nous n'avons plus de crédits... »

Un quidam l'interrompt qui accourt, essoufflé, armé d'un sécateur et le bas du corps noyé dans un tablier bleu à poche ventrale : c'est en fait un huissier qui, à ses heures perdues, s'occupe du jardin ou plutôt de ce qu'il en reste :

« Les gardes sont encore sur le mur, gémit-il. Avec leurs flingots. Ils finiront par faire un carton. »

Avec le contrôle quotidien des papiers, la

fouille lente des voitures dès qu'elles ont franchi la grille, c'est leur sport favori : faire peur. Une fois l'un d'eux, perdant l'équilibre, est même tombé dans le jardin.

« J'y vais ! lance Olivier, tout guilleret. S'ils veulent s'amuser, nous allons jouer avec eux.

— Ne te fais pas repérer davantage », dit Éric.

*

Olivier a passé la porte du jardin d'où refluent quelques apeurés. Comme la veille, il y a en effet trois soldats assis sur la crête du mur entre un jasmin à fleurs jaunes et un bignonia. Ils ont pris soin de laisser pendre leurs jambes du côté du parc et non « en France » : ce qui donne tout de même la mesure de leur audace. Probablement un peu gris, hilares, ils ont tous trois la tête couchée sur la crosse de leur fusil et n'en finissent pas de viser quelque chose de rond et d'assez flou — un cône, un pigeon, peut-être un écureuil — dans le fouillis de branches d'un pin parasol. Puis leurs fusils s'abaissent et, moins inoffensifs, se tournent vers l'arrivant, le suivent dans la petite balade qui le mène vers la cahute du jardinier où il entre un instant pour en ressortir avec un modèle récent, très sophistiqué, du *Traveling rain king spinkler*, dont serpente derrière lui le tuyau de plastique rouge. Sans sourciller, sans accorder un regard aux simili-féroces qui continuent à le mettre en joue, Olivier installe son engin, tire la chaînette, l'ancre au bon endroit, met l'index sur la plus grande vitesse et, toujours impavide, va tourner le robinet.

« *Y si disparo, cerdo?* » crie un des soldats.

Les autres, intrigués, ont relevé leurs armes. La petite merveille rote un peu, crache un mélange d'air et d'eau, puis soudain s'entoure d'une haute, d'une vive ombelle qui retombe en pluie sur le pauvre gazon, ravagé par tant de talons. Quoi de plus naturel? Quoi de plus innocent? Olivier est rentré, goguenard.

« Superbe! dit Éric; j'aurais dû y penser. »

L'arroseur ambulant, qui ravale sa chaînette de guidage, avance inexorablement vers le mur. La tornade irisée en mouille la base. Elle en atteint le milieu. Elle en atteint le faîte d'où les soldats, avec de gros rires, ont enfin déguerpi :

« L'homme est une drôle de bête, dit Olivier, pas mécontent de lui. Rien de meilleur que la farce, parfois, pour éviter un drame.

— Et s'ils avaient tiré? » fait une voix mince.

*

C'est Selma qui d'en haut a suivi toute la scène, qui l'a trouvée moins drôle. Elle arrive à petits pas, les deux mains sur son ventre, et tandis que chacun s'éloigne, vaquant à ses affaires, elle reste sur place avec lui :

« Le patron t'a dit que, pour Manuel, il ne voyait pas de solution?

— Il y a toujours une solution, dit Olivier, pourvu qu'on sache l'attendre. L'ambassade ne sera pas toujours bloquée et, dans un premier temps, nous pourrons amener ici Manuel et Maria. Ils y seraient au moins en sécurité.

— En assurant la nôtre », dit Selma.

Le ton ne saurait tromper. Elle n'a cessé de braver sa peur; elle y a petitement réussi. Mais délivrée par un transfert de ses hôtes, Selma se reprocherait d'abandonner leur prise en charge. Elle pouvait la refuser. Elle ne l'a pas fait. La chance de Manuel et de Maria, c'est d'avoir chez elle ému la femme :

« Avoue, dit Olivier, ce couple imprévu t'embarrasse et, en même temps, il te fascine.

— C'est vrai, dit Selma. Si Manuel n'était qu'un politicien déchu, faisant aujourd'hui les frais de son ancienne importance, je m'apitoierais moins. Mais cette reconversion dans le sentiment, ça me touche. Une passion, enchâssée dans un drame, ce n'est pas si fréquent. »

IX

Deux semaines de réclusion, de rumination, d'incertitude, cela peut excuser quelque nervosité. Vic est parti pour l'école, ses parents pour l'ambassade. Fidelia tarde. La journée s'annonce mal. Maria, qui depuis trois jours a des raisons de ne pas être d'humeur égale, subit sans trop de plaisir la lecture d'un passage du « mémoire » que Manuel s'est mis en tête d'écrire. Manuel a tendance à se contenter de l'écoute, et s'il admet la contradiction tendre, ce n'est pas toujours avec le sourire. Elle l'a pourtant prévenu dès le départ. Dans la seule lettre qu'elle lui ait envoyée, le lendemain du jour où pour la première fois elle s'est laissé embrasser, elle a réclamé le droit à la différence : *Si, tel que vous êtes, vous m'aimez telle que je suis, l'affection ne doit pas entraîner la dévotion...*

Ce vendredi matin, il a fallu qu'elle se répète. Manuel qui venait de griffonner cinquante lignes sur les causes de l'échec du gouvernement populaire, a plissé le nez dès la première remarque de Maria :

93

« Dites tout, Manuel. Vos amis ont bien aidé leurs détracteurs... »

Comme il se récriait, il a fallu insister :

« Voyons, Manuel, vous et moi, ça tourne rond comme un disque, mais vous n'avez jamais vu de disque dont la face A fournisse la même chanson que la face B. »

Qui les entendrait maintenant serait surpris par le contenu de ce dialogue d'amoureux, même s'il est clair que la lèvre y a plus de part que la dent. Manuel, qui a revu son texte, qui est revenu à la charge, fulmine contre la notion d'*illégalité légitime* sur quoi se fondent les militaires pour justifier leur putsch. Maria acquiesce, mais observe :

« C'est l'inversion, si je ne m'abuse, du principe révolutionnaire proclamant qu'en face de la tyrannie l'insurrection devient le plus sacré des devoirs. »

Manuel incrimine la Constitution elle-même, « expression de l'autodéfense d'une société » :

« Ça, dit Maria, je vous l'accorde, mais pourquoi avez-vous accepté de jouer un jeu qui n'était pas le vôtre ? »

Manuel s'en prend aux « longues mains », banques, multinationales, services secrets, privilégiés qui ont « organisé la désorganisation », stocké, saboté, terrorisé. Il consent à reconnaître que la prise de conscience populaire a été limitée, que l'unité a été mise à mal par les partis. Il convient même d'une certaine « illusion lyrique » versant dans l'irréalisme...

Maria, un peu étouffée, branle gentiment la tête. En fait de palabres, le sénateur n'est pas innocent : il y a du courage dans l'aveu. Elle relève le nez :

« Ajoutez carrément la pagaille, la flemme vécue comme une revanche, l'indiscipline, l'incompétence, l'improvisation. Peut-être même un certain enthousiasme...

— L'enthousiasme! proteste Manuel, scandalisé. Mais c'est la chaleur de l'action...

— A condition que ça n'en devienne pas la fièvre. *Cœur brûlant, mais tête froide :* le mot pourrait être de Lénine.

— De Lénine, vous croyez?

— A vrai dire il est de saint Vincent de Paul. »

*

Manuel est allé s'agenouiller devant l'œilleton, mal à l'aise. Ces petits accrochages ont la vertu des hameçons qui retiennent ce qu'ils piquent. Mais ensuite, on se sent toujours un peu ferré. Avant Maria, tout était simple pour Manuel : il n'avait pour ainsi dire pas de vie personnelle; elle se confondait avec cette vie professionnelle où il tenait tout entier, massif, prévisible autant que disponible, net de scrupules comme d'hésitations. Il n'avait pas fait vœu de chasteté. Mais de ses brèves aventures il s'estimait absous par l'action, par l'intérêt voué à l'essentiel. L'amour... Il l'a d'abord ressenti comme un abandon d'une solitude surpeuplée — surpeuplée de compagnons de lutte —, et de temps en temps ça lui revient. Il s'en veut comme un défroqué d'avoir plongé dans le mélo, qu'il tenait naguère pour indécent.

Et puis ça passe. Et puis il s'indigne. Son aventure avec Maria, elle est de haute qualité. Ce qu'on éprouve pour un seul être n'enlève rien aux autres. A genoux devant l'œilleton, il s'agite encore un peu; il cherche à expliquer, à compliquer la chose la plus simple du monde; il reprend tout à trac :

« C'est bête, Maria : ceux dont la vocation est de combattre pour le bonheur des autres négligent souvent le leur, quand ils ne le méprisent pas.

— Je sais, dit Maria.

— Pourtant on défend mieux ce qu'on partage... Je n'irai pas jusqu'à dire qu'on manque à autrui quand on se manque à soi-même, mais...

— Mais vous avez besoin de le penser. Moi aussi », avoue Maria.

Qui a dit : *De colline à colline la distance reste toujours la même : il suffit que les relie un écho ?*... La vraie question pourtant n'a pas été posée. Elle va l'être :

« Mais enfin pourquoi vous, Maria ? Il ne manquait pas de filles dans le parti.

— Vieille histoire ! dit Maria. Les Montaigus parfois choisissent des Capulets. »

— *

Manuel en est resté saisi : d'une phrase Maria vient de tout résumer. Il devrait se retourner, remercier au moins d'un regard. Cependant il se tasse contre le toit, tandis que retentissent des claquements de portière.

« Maria! souffle-t-il. Maria, je n'aime pas ça du tout.

— Quoi? dit Maria, déjà redressée.

— Une voiture vient de s'arrêter le long du trottoir d'en face. Rien ne la distingue d'une autre, mais elle est équipée d'une antenne radio et je ne connais que trop l'un de ses trois occupants... »

Des voix s'entrecroisent. Comme d'habitude, dans un brusque froissement d'ailes, se sont enfuis les moineaux.

« C'est bien Prelato, reprend Manuel. Prelato dit Petit-Gris, le commissaire qui a la responsabilité du secteur et que nous avons eu le grand tort de ne pas dégommer. Il observe la maison. Voyez vous-même. »

Il s'efface et Maria prend le relais. Les trois hommes sont debout sur le trottoir. Ce qu'il y a de plus inquiétant, c'est sans doute la réaction des factionnaires qui de proche en proche portent la main à leur tempe. Du commissaire on n'aperçoit qu'un paquet de cheveux gris, au ras des épaules de ses acolytes, costauds déférents, eux-mêmes à demi masqués par la voiture. Une minute passe; une petite fumée s'élève au-dessus du commissaire qui ne bouge pas.

« C'est clair, dit Maria. Ils ne veulent pas avoir d'histoires en entrant par effraction dans la maison d'un diplomate. Ils attendent Fidelia pour profiter de ses clefs. »

L'air et le silence deviennent épais que trouble seulement la lancinante vibration d'une mouche en train de se débattre dans une toile d'araignée. Maria ne bouge pas; ses cheveux cascadent sur le peignoir dont ces brutes s'ils sont fidèles à leur réputation, sauront sûrement, eux, arracher la ceinture. Pour la première fois de sa vie Manuel sent ses dents comme on sent ses doigts et s'étonne d'avoir dans la bouche une telle envie de mordre, associée à une telle douceur dans la voix. Mais parle-t-il vraiment? Rien n'est moins sûr. Il ne s'entend pas dire : *Je vous demande pardon, Maria : de ce que je pensais tout à l'heure, de l'horreur où je vous entraîne. Je vous remercie, Maria : de votre aide, de votre calme, de la vie que nous aurions dû vivre ensemble. Je vous remercie d'avoir, un moment, existé dans la mienne.*

Simple oraison jaculatoire qu'étrangle l'émotion. Le hasard est absurde qui avait d'abord si bien fait les choses et qui maintenant s'acharne à les détruire. Les cheveux roux s'agitent : Maria se rejette en arrière, découvrant ce visage aux yeux verts qui ce soir, peut-être, se sera effacé. Courage ou résignation? Inconscience ou souci de dignité? Ses paupières tombent, ses lèvres bougent un instant dans le vide. Puis elle sourit, disant d'une voix paisible :

« Voilà Fidelia. »

X

Fidelia s'avance, l'œil à terre, trop préoccupée
par l'incarcération de son mari, la rougeole de
ses filles, pour faire attention à quiconque. Elle
a son éternelle robe jaune à raies brunes, son
foulard noué sur la nuque et marche en balançant les hanches sur de vieilles espadrilles qui
perdent de la cordelette. D'un sac de toile
pendu à son poignet elle a déjà retiré ce trousseau qu'elle n'a jamais confié à personne et qui
comporte trois clefs accrochées à un anneau de
cuivre : une clef bénarde à quatre dents pour la
grille, une clef à pompe pour le verrou de la
porte d'entrée, un passe-partout qui ouvre tous
les placards. Elle s'arrête, elle pousse la
bénarde à fond dans la serrure dont le pène en
reculant deux fois fait deux petits bruits gras.
Le portillon s'ouvre... Mais quoi ? On court derrière elle; on lui saisit un bras, puis l'autre; on
lui arrache ses clefs, tandis que dans son dos
une voix mince annonce :

« Police ! Vous êtes bien madame Cahuil,
n'est-ce pas ? Nous entrons avec vous.

— Mais, messieurs... » proteste faiblement Fidelia.

Faiblement, car dans sa situation de femme de prisonnier il n'y a que l'endroit choisi pour l'interpeller qui l'étonne. On l'entraîne, on la soulève. Jusqu'au perron elle ne touchera pas terre et comme à l'intérieur la bienséance, à l'abri de tout témoin, devient superflue, elle a bien tort de geindre, tandis qu'un des costauds lui tortille un poignet :

« Vous me faites mal. »

Pour bien montrer que, s'il est petit, c'est quand même lui le patron, l'homme à la voix mince qui s'est campé devant elle lui expédie, en va-et-vient, quatre gifles sonores :

« Maintenant, causons. Mais auparavant déshabille-toi. »

L'ahurissement de la fille l'enchante. Il éclate de rire, et ses bons travailleurs de force, dont chacun a posé une lourde godasse sur les orteils de Fidelia et s'y appuie comme par mégarde, ricanent à l'unisson :

« Mais oui, précise le commissaire, les femmes, je ne les interroge jamais qu'à poil. Psychologique! Quand elles n'ont plus rien à cacher de leur anatomie, elles sont à point pour avouer le reste. Enlève ta robe. »

A vrai dire, Fidelia est bien incapable de faire le moindre geste et ce sont les acolytes, bien exercés, qui se penchent, saisissent l'ourlet et tirent de bas en haut sans se préoccuper de ce qui se déchire. Dépouillée d'un coup de sa fanchon, de sa robe, de sa combinaison dont les bretelles ont cassé, Fidelia se retrouve, flageolante, en slip et en soutien-gorge.

« Tu t'appelles Fidelia Cahuil, tu es née à San Pedro, tu as vingt-trois ans, tu es mariée, tu as deux filles, récite le commissaire. Ton mari, communiste notoire, a fait le coup de feu contre nos troupes. Il s'était enfui, mais nous l'avons retrouvé et arrêté. Tu vois, je sais tout... Luis, détache son soutien-gorge ! Ramon, enlève-lui sa culotte ! »

Le soutien-gorge glisse, la culotte s'enroule le long des cuisses. Elle tombe sous la forme de deux bracelets d'étoffe emprisonnant les chevilles qui, spontanément, se frottent l'une contre l'autre pour s'en débarrasser en même temps que des espadrilles. Fidelia se redresse : statue de bronze clair sur quoi coule ce long flot de cheveux aussi noirs que le triangle sacré dont le commissaire détache mal un œil qui s'amenuise. Le grain de fierté, le défi pudique qui brille dans celui de Fidelia, nue, mais nette, ne lui a pas échappé. Il susurre :

« Eh bien, tu vois, ce n'est pas si difficile d'exhiber ton petit capital. Je n'aime pas faire de compliments, mais tu es beaucoup plus agréable à regarder sans tes nippes... C'est d'ailleurs un scandale ! Quand je pense que c'est un salopard qui se tape ça, je me dis qu'il n'y a pas de justice. Allez ! On va commencer par visiter la cambuse. Passe devant... »

Pure formalité. Scénario bien mis au point. Fidelia en tête — une main sur le sein, une main sur la touffe, comme une Vénus de haute époque —, le commissaire tout benoît, tout bénin sur ses talons, Luis en troisième position et Ramon à l'arrière, c'est une étrange procession qui arpente la salle commune, la cuisine, la nursery, la chambre d'ami, le bureau, repérant les lieux sans toucher à quoi que ce soit. On termine, bien sûr, par la chambre à coucher des Legarneau. Si le commissaire n'a pas vu le coup d'œil alarmé que Fidelia a lancé au plafond en passant sous la trappe, il peut savourer la gêne qu'inspire son insistance à considérer le lit conjugal recouvert d'une nuageuse couverture faite de peaux d'alpaga. Ses hommes ont détourné la tête, un demi-sourire aux lèvres. Petit-Gris s'abîme dans la compassion :

« C'est idiot, murmure-t-il, tu es jeune, tu n'es pas mal foutue, tu as la vie devant toi, tu as deux enfants à élever. Ton mari est au trou avec un chef d'accusation si grave que, sans intervention de ma part, il n'a aucune chance de s'en tirer. Rébellion à main armée, en principe, c'est tacatacatac... »

A l'onomatopée se joignent deux doigts pointés mimant une fusillade. Fidelia se raidit. Paterne, le commissaire s'assied sur le rebord du lit. Quelque chose lui remue dans la bouche. Il salive :

« Toi-même, tu n'es pas si blanche, ma chérie, et tu pourrais avoir de gros ennuis si tu n'es pas très, très compréhensive. Je connais un peu ton patron, j'ai même un compte à régler avec lui. Il ne nous aime pas, c'est son droit; mais c'est le mien et c'est aussi mon boulot de me méfier de ce qu'il mijote. Tu n'as rien remarqué de particulier ici ? »

La nudité, ça se surmonte. Qui vous a vue n'a

102

plus rien d'autre à voir. Fidelia est comme rhabillée d'indifférence. Elle desserre enfin les dents :

« Vous savez, moi, je balaie; on ne me fait pas de confidences.

— Mais ton mari, lui, devait t'en faire, et ses amis, tu les connais sûrement! glapit Ramon, pinçant le gras du bras de la fille et tournant d'un coup sec.

— Ramon! fait sévèrement le commissaire. Que veux-tu qu'elle nous apprenne de neuf sur ses copains? Nous les tenons et ils ont tout reconnu. Tu ne vois pas qu'elle ne demande qu'à coopérer, cette petite, pour tirer son Pablo du guêpier? Moi, je ne demande pas mieux. L'ennui, c'est qu'elle ne paraît pas avoir grand-chose à nous offrir en échange. A moins que... »

Un regard gluant exprime le reste, et Fidelia, dont les paupières tombent, frémit de la tête aux pieds.

« Vous lui faites peur, grogne le commissaire. Allez m'éplucher la paperasse dans le bureau en prenant soin de tout remettre en place. Attention! Vous êtes de purs esprits, vous ne laissez pas de trace. Nous, Fidelia, nous allons voir ce que nous pouvons faire. Si tu es très gentille... »

Les costauds se sont déjà éclipsés. Petit-Gris, le derrière enfoui dans l'alpaga, y plante aussi dix doigts grattouillant de la fourrure. Fidelia se garde de rouvrir les yeux : leur expression ne plaiderait pas sa cause. Elle laisse tomber ses mains, défense dérisoire, et les cuisses serrées, les seins bousculés de soupirs, la bouche tordue, elle balbutie :

« Vous libéreriez Pablo si...

— Et il ne s'en douterait jamais, bien sûr ! »
murmure le commissaire, lui happant le poignet pour l'attirer sur le lit.

*

Ça va durer une heure. Dans le bureau qui ne
comporte d'ailleurs pas de meuble de ce nom,
mais une simple table entre deux fauteuils de
velours brun et un embryon de bibliothèque,
qu'espérer de l'examen d'un modeste carton-
nier aux trois quarts vide ? Quand on dispose
des coffres inviolables d'une ambassade, on
n'emporte pas de documents compromettants
chez soi. Ramon, feuilletant mollement une
liasse de lettres signées *Maman*, en a seulement mis une de côté. Il passe au crible la corbeille à papiers, en grommelant :

« Il n'y en a que pour le patron. Je l'aurais
bien sautée, moi aussi, la bonniche. »

Luis, vautré sur un divan d'angle qui doit
servir de lit de secours, tourne vers lui un
mufle paternel et ce regard tendre qui s'attarde
sur des photos reçues de la veille : celles de
deux premières communiantes, ses filles
mignonnettes élevées chez les sœurs :

« Encore ! fait-il. Les occasions ne t'ont pas
manqué, ces temps-ci. Tu vois, moi, je serais
plutôt contre : ce qui me console, c'est de penser que, s'ils avaient gagné, les copains de cette
fille auraient pu un jour s'envoyer mes
gamines. »

Il se tait et range précipitamment ses photos
dans son portefeuille et le portefeuille dans la

poche gauche de sa veste, la poche du cœur, en vérifiant machinalement que dans la poche droite dort bien son revolver. Arborant le méprisant sourire du client qui sort du bobinard, le commissaire vient de rentrer; il pousse devant lui Fidelia, échevelée, crevant de honte; il jette :

« Rhabille-toi. »

Et tandis qu'elle renfile un pauvre linge fripé, il écrase du regard la muette convoitise de Ramon. L'os du chef de meute n'appartient qu'à lui et, s'il le lâche, nul sans lui faire offense n'oserait le ronger ensuite. Ramon baisse le nez. Luis admire, cherchant à comprendre pourquoi ce bout d'homme n'a qu'à paraître pour se faire obéir de malabars qui pourraient l'envoyer valser d'une chiquenaude. Très à l'aise, très coq redescendant de sa poule et s'en trouvant plus mordoré, il semble tirer de sa paillardise même un regain d'autorité. Son nez tranche l'air et, se mordillant la moustache, il redevient méchamment sérieux. Il a empoigné une chaise et, assis derrière la table, traduit lentement la lettre envoyée à son fils par Mme Legarneau mère. Il hausse les épaules :

« L'affolement de la vieille peut donner une idée des horreurs que son fils doit débiter sur notre compte. Mais ce n'est pas avec ça que je pense le faire expulser. L'arrestation de Fidelia, chez lui, le compromettra bien davantage.

— L'ar...res...tation ! » bégaie Fidelia, rhabillée, mais qui, perchée sur une jambe afin de rechausser l'autre, en tombe sur le tapis.

Encore une fois Luis admire. « Mon Ariel » — comme l'appelle Mme Prelato, suave —, c'est décidément le diable en miniature. Être affreux à ce point-là et le savoir et le rester, pour quelques primes en nature, mais aussi pour la gloire d'assumer, quelle qu'elle soit, la besogne, de ne jamais céder à la pitié, ça devrait mériter le ruban noir! Ulcérée, avilie par un sacrifice dont elle comprend maintenant qu'il était vain, Fidelia se relève et, n'ayant plus rien à perdre, se met à hurler :

« Tu m'as menti, salaud ! »

Le commissaire s'en tortille de plaisir sur sa chaise. Puis il se fâche et glapit :

« Et toi, salope, tu ne m'as pas menti? Crois-tu que j'ignore que tu avais aussi ta carte du Parti, que tu vendais ses journaux le dimanche, que tu distribuais ses tracts? Je n'ai pas de comptes à te rendre, et d'ailleurs je ne t'ai pas trompée en te disant que Pablo ne saurait rien. C'est vrai. Tu peux être tranquille : il a été fusillé ce matin... Allez, vous autres! Embarquez-moi ça. »

*

Luis, qui ne savait pas, en est resté pantois. Il y a des moments où l'iniquité en arrive à tourmenter les bourreaux. Là, non vraiment, il n'admire plus; il se demande si, pour mieux respirer, il ne devrait pas se faire muter dans un service moins bien payé, mais peuplé de truands qu'on puisse tabasser sans complexes. Même pour lui la scène est insoutenable.

D'un geste fou la petite métisse, devenue enragée, a soudain raflé sur le bureau un coupe-papier d'acier poli; elle bondit sur le commissaire qui pare le coup, prestement, en lui opposant sa chaise. Mais Ramon a déjà surgi derrière Fidelia et l'assomme d'un foudroyant revers de main à la nuque, exécuté avec un remarquable métier. La chaise du commissaire retombe. Il exulte :

« Magnifique! Tentative de meurtre sur la personne d'un officier de police dans l'exercice de ses fonctions... Je n'en demandais pas tant. »

XI

LA-HAUT, les deux vivants en sursis, bras croisés sur la poitrine et dosant leur respiration, avaient cru s'entraîner côte à côte à devenir gisants. Dans le rigoureux silence leur cœur leur paraissait encore battre trop fort pour ne pas les trahir. Que se passait-il? Malgré l'habitude prise de localiser les présences d'après l'assourdissement d'une voix, le nombre de pas à faire d'une porte à l'autre, les craquements de parquet, les plaintes de gonds, ils étaient parfaitement déroutés. Ils s'attendaient à une fouille en règle, à une scène violente et ils n'avaient d'abord entendu que des bribes de conversation qui de cloison en cloison leur parvenaient feutrées :

« Ce n'est pas à nous qu'ils en ont », avait fini par murmurer Maria.

Et juste à ce moment s'était produit ce bruit caractéristique qui se répétait tous les soirs quand leurs hôtes se mettaient au lit : le do dièse approximatif chanté par un ressort de sommier. Deux têtes s'étaient soulevées et tournées l'une vers l'autre, roulant des yeux blancs, avant de se renfoncer lentement dans l'oreiller pneumatique.

*

Enfin avertis par le tintement de la grille, mais encore trop anxieux pour bouger, quelque sbire pouvant être resté sur place, ils n'avaient pas vu la voiture du commando s'éloigner avec sa prisonnière. Les criailleries finales, un bruit de chute sur le parquet, un piétinement serré sur semelles traînantes suggérant le transport d'un corps leur avaient laissé penser que Fidelia n'était pas partie sur ses jambes, mais enlevée comme un paquet. Ensuite ils avaient hésité à descendre; ils ne s'y étaient résolus qu'au bout de deux heures, après avoir entrebâillé la trappe et — précaution naïve — jeté le contenu des poches de Manuel sur les dalles du couloir pour s'assurer de l'absence de réaction. L'escalier déplié, ils s'étaient aventurés à pas de loup dans la maison, lorgnant les encoignures, inspectant les dessous de table; et de pièce vide en pièce vide ils en étaient arrivés à celle qu'ils auraient dû ouvrir la première :

« L'oreille ne vaut pas l'œil, murmura Maria en entrant. Elle ne peut être sûre de rien. »

Par discrétion, peut-être aussi par pudeur, ils n'étaient jamais entrés dans cette chambre, en soi semblable à bien d'autres, mais trop intime pour ne pas leur rappeler qu'il n'en existait pas qui fût leur. Impersonnelle pourtant, tapissée de papier-liège à deux tons, illuminée par une large baie d'où pleuvaient à petits plis de grands rideaux de voile, elle bannissait tout superflu, elle n'offrait que deux meubles, l'un à la verticale, l'autre à l'horizontale : l'armoire qui contient ce qui vêt, le lit qui contient ce qui se dévêt. Et voilà qu'ils se tenaient devant ce lit où la couverture d'alpaga restait creusée, non pas en long, mais en travers, par l'empreinte d'un corps, tandis que deux touffes laineuses sans doute arrachées à la fourrure par des mains crispées, deux touffes demeurées sur place en deux endroits où affleurait de la peau, quasiment rasée, continuaient à mesurer l'écartement des bras d'une femme de petite taille :

« La preuve est là, dit Manuel. Ils n'ont pas songé à l'effacer. »

Tout, ailleurs, leur avait paru en ordre. Tout était à sa place sauf le trousseau de Fidelia pendouillant à la clef principale engagée dans la serrure : à l'intérieur et non à l'extérieur, dans l'évident souci de tirer la porte, de ne fournir aucune chance à un filou de passage, d'empêcher qu'un vol fût imputé aux précédents visiteurs.

« Rappelez-vous... » dit Maria sans achever sa phrase.

Ils se tenaient devant ce lit comme devant une affiche obscène engageant deux amoureux à entrer dans une salle où se projette un film porno; et se tenant par la main ils gardaient instinctivement entre eux de la distance :

« Rappelez-vous, reprit bravement Maria. Quand votre ami Attilio est tombé, vous vous êtes écrié : « Voilà ce qui m'attend ! » Je peux le

111

répéter : s'ils nous avaient trouvés, voilà ce qui m'attendait. »

Que répondre ? Le plus innocent des hommes se sent au moins coupable, en un tel cas, d'appartenir à l'espèce et ne songe pas sans fureur à ce qu'on aurait pu lui prendre ni sans inquiétude à ce qui se trouve gâché dans l'esprit de sa compagne. Elle ajoutait, celle-ci, avec le même courage et une fraîcheur de gorge presque provocante :

« Vous l'ignorez encore, Manuel, mais je suis vierge. A vingt-deux ans, de nos jours, ça fait un peu laissée pour compte. Je ne m'en flatte pas, je ne prends pas ma vertu pour le Saint-Sacrement; je suis restée comme ça, c'est tout, un peu par hasard. Mais depuis notre rencontre je me réjouis de vous avoir attendu. Et ce qui m'horrifie... »

Le reste, ne pouvant passer que de très près, fut murmuré sur le revers d'un veston :

« Ce qui m'horrifie, ce n'est pas seulement de penser à ce que vous pensez, au saccage de votre privilège; c'est de réaliser qu'avec ou sans amour, dans le don comme dans le viol, une femme soit renversée de la même façon et n'y trouve la joie qu'au bénéfice de l'intention.

— Mais c'est vrai de tout ! » dit Manuel.

Il la berçait, posant la bouche ici et là, sur un œil clos, sur la bosse d'une pommette, sur le creux de l'entre-sourcils. Enfin il murmura curieusement :

« Rappelez-vous ce que disait Dante : « *L'homme peut faire la bête, mais la bête ne fera jamais l'homme qui, lui, pourra toujours faire l'ange.* » Je ne garantis pas le texte et, en ce qui me concerne, je ne garantis pas l'ange...

— L'homme me suffira, dit Maria. Allons-nous-en ! »

*

Ils se retrouvèrent dans la cuisine parce qu'il était midi et bien qu'ils fussent incapables d'avaler quoi que ce fût. Une sirène d'usine, un coup de frein dans la rue, un rappel d'enfant dans les jardins voisins les faisaient chaque fois sursauter. Une heure durant ils s'interrogèrent, ils se laissèrent aller à mille suppositions. Pourquoi, comment avaient-ils pu une fois de plus en réchapper ? Fidelia avait-elle parlé et, dans ce cas, qu'avait-elle dit ? Si elle s'était tue, le pourrait-elle longtemps ? Le traitement subi montrait assez qu'on ne craignait pas de plainte de sa part. Elle ne serait pas épargnée, elle avait peu de chances de s'en tirer, de reparaître. Mais le plus stupéfiant n'était-il pas qu'elle ait été victime d'une machination sommaire, alors qu'une fouille sérieuse eût permis d'inculper les Legarneau d'un « recel de malfaiteurs » autrement décisif ?

« Fidelia a payé pour nous, répétait Maria.

— Il faut avertir Olivier », répétait Manuel. Rien de plus évident, rien de plus contestable. De l'abandon des clefs on pouvait déduire hâtivement que la police n'avait pas l'intention de revenir. A moins que ce ne fût un piège. A moins que ce ne fût une parade : « Voyez, nous n'avons rien forcé, nous sommes très légalement venus cueillir une « terroriste », à porte ouverte, dans une résidence privée, sans même nous réclamer de l'état de siège. » Pas de témoins : sauf des témoins auditifs, aisément récusables et d'ailleurs impossibles à produire. Il fallait avertir Olivier, mais comment ?

« Téléphoner, c'est avouer notre présence, disait Manuel. Ne pas téléphoner, c'est faire courir des risques à nos amis : Prelato est un enragé, capable de tout, y compris de les faire arrêter ce soir à leur retour. Seule une protestation, immédiate et ferme, de l'ambassade peut l'en dissuader. Après tout il a procédé par surprise hors la présence des intéressés. Si ce n'est pas illégal, c'est au moins singulier et j'imagine qu'il aurait des difficultés au cas où Olivier exigerait d'être entendu en présence de Fidelia... »

Le temps passait, le temps pressait; et leurs visages restaient figés comme l'était au mur la face ronde d'une de ces vieilles pendules exportées par la Suisse sur tous les continents et qui semblent toujours vous regarder fixement par les trous des remontoirs. Elle battait au rythme de leur pouls : de ce pouls qui mesure, lui aussi, à chacun, ce qui lui reste à vivre. Mais vers une heure Maria, comme inspirée, se toucha le front et fit trois fois le tour de la table avant de se planter devant Manuel :

« Vous allez remonter là-haut, dit-elle. Moi, je reste en bas. Supposons en effet qu'un tiers soit attendu ici. Supposons que faute de trousseau disponible on lui ait donné la clef de la porte qui donne sur l'arrière. Supposons qu'en faisant soigneusement allusion à ces détails pour édifier la table d'écoute ce tiers appelle l'ambassade...

— Vous ? fit Manuel, tirant une moue.

— Oui, dit Maria et ça peut me permettre ensuite d'être beaucoup plus libre. »

Sans s'expliquer davantage elle composait, déjà, le numéro : non pas avec l'index, mais avec le médius.

XII

L'ŒIL droit fermé, l'œil gauche attentif, M. Mercier maugréait en ratissant sur son sous-main le gris que venait d'y lâcher l'éventrement d'une cigarette mal roulée. Selma était assise en face de lui. Debout le long de la baie et son large torse encombrant le paysage, Olivier, une feuille de papier pelure à la main, soulignait d'une voix mordante un passage filandreux de la note de service :

« *Quel que soit le sentiment éprouvé à l'égard de certains excès... nous devons rappeler que la neutralité demeure impérative et qu'en dehors des considérations humanitaires, la situation n'autorise pas l'expression d'opinions privées pour ou contre le nouveau régime...* Pour! Tu connais des *pour,* Selma?

— Clause de style! fit le patron, rouvrant l'œil droit.

— Certains excès! reprenait Olivier. Nous assistons à un massacre, à une revanche abominable des riches sur les pauvres, des Blancs sur les métis et on nous parle de *certains excès!* C'est d'ailleurs le ton de la presse de cette semaine. L'occidentale, j'entends. On dirait qu'elle s'apitoie sur une rage de dents traitée sans anesthésie. Un peu brutale, l'opération. Mais l'ordre est rétabli, la raison va maintenant se débarrasser du rêve. On ronchonnera encore un peu, on oubliera, on commercera...

— Allons, Olivier ! fit M. Mercier. Vous ne vous figurez pas qu'on pleure sincèrement, là-bas, la disparition d'un gouvernement populaire dont l'exemple empêchait le nôtre de dormir. Tant de morts, c'est choquant, ça gâche la bonne conscience des libéraux... Mais enfin, compte tenu du programme des victimes, l'Occident ne va pas prendre le deuil. »

Selma se frottait l'œil, mine de rien, pour conseiller à son mari de se taire. Olivier enchaîna pourtant :

« J'ai relevé à la une d'un journal parisien ce titre affriolant : *En pareil cas chez nous que ferait l'armée ?* Il ne s'agissait que d'une analyse, mais sur cette pente, la réflexion peut mener loin.

— Passons, Olivier, voulez-vous ? »

Olivier ne broncha pas. Cette manie qu'il avait de rouler lui-même ses cigarettes, de les enduire pensivement de salive, c'était aussi pour M. Mercier une façon de mimer la bonhomie. Premier point, la note de service : valable pour tous, n'est-ce pas ? Et maintenant, *voyons*, de quoi s'agissait-il ?

« Je vous ai fait venir tous les deux, reprenait le patron, pour examiner le cas d'Alcovar et de son amie. Aucun problème pour Maria que personne ne recherche : à condition de ne pas avoir entre-temps été convaincue du crime d'assistance à un ennemi public, elle pourrait quitter le pays sans notre aide. Mais Alcovar, lui, risque de nous rester sur les bras avec une dizaine de notables pour qui je n'arrive pas à obtenir des sauf-conduits. Du moins sans contrepartie. La Junte s'est aperçue qu'en lâchant des ennemis jurés, elle courait le risque de voir se former un gouvernement légal en exil. Désormais elle négociera chaque tête, âprement.

— Zut! dit Selma. J'aimerais pouvoir souffler.

— J'entends bien, fit M. Mercier. Dans ton état, l'héroïsme est déconseillé. »

Il grattait du briquet. Un fil bleu se mit à monter de la cigarette et c'est un coin de bouche qui ajouta :

« En ce qui concerne le sénateur, le nouveau ministre de l'Intérieur, son ennemi personnel, vient de lui retirer sa nationalité. Il le fait également bénéficier d'une procédure chère à nos conventionnels : la mise hors la loi. En vertu de quoi n'importe qui, pour toucher la prime, peut maintenant se contenter de l'abattre. Pour le sauver je ne vois qu'une solution : nous adresser aux Américains.

— Quoi! fit Olivier.

— Enfin, réfléchissez, Legarneau! Leur intervention a été si voyante qu'ils ont besoin de se dédouaner. La Junte n'a rien à leur refuser et je suis à peu près sûr qu'ils sauteront sur l'occasion.

— Mais vous craignez, dit Olivier, suave, que

l'intéressé refuse l'aide de ceux qui l'ont d'abord enfoncé et vous aller nous demander de le convaincre.

— On ne peut rien vous cacher... »

Le téléphone sonnait. M. Mercier décrocha :

« Oui, dit-il, il est chez moi, je vous le passe... Olivier, le standard vous cherche, il paraît que c'est urgent. »

Et renvoyant de la fumée par le nez il considéra d'un air curieux son conseiller qui, l'ébonite sur l'oreille, semblait soudain changé en statue de sel.

*

Il y avait de quoi. Au bout du fil une voix connue, commettant une énorme imprudence, débitait :

« Allô, monsieur Legarneau ? Je suis Maria, la jeune fille au pair que vous avez engagée. Excusez-moi, je crois nécessaire de vous prévenir de ce qui vient d'arriver à Mme Fidelia, votre domestique.

— Une seconde ! On m'appelle sur une autre ligne », fit Olivier, commençant à comprendre.

Il plaqua une paume sur l'appareil avant de jeter :

« Prenez l'autre écouteur. Vite ! C'est Maria : elle use d'un stratagème pour dérouter la table d'écoute. »

Puis il retira sa main :

« Vous disiez, mademoiselle ? »

Tête couchée, M. Mercier tirait une lippe, branlait du chef pour approuver Selma qui, d'un geste vif, venait d'appuyer sur le bouton de l'enregistreur. La voix reprenait :

« Oui, monsieur, je suis Maria, la jeune fille au pair que vous avez engagée. Je suis arrivée vers midi, comme prévu, juste à temps pour voir sortir de chez vous trois messieurs dont un grisonnant, assez petit, un médecin sans doute, et deux autres, plutôt grands, qui transportaient une jeune femme évanouie et l'installaient sur la banquette arrière d'une voiture. J'ai pensé qu'il s'agissait de Mme Fidelia.

— Vous ne savez pas vers quel hôpital ils l'ont emmenée? dit Olivier, entrant dans le jeu.

— Non, monsieur, je n'ai pas pu atteindre la voiture avant son départ. Il ne s'agissait d'ailleurs pas d'une ambulance, mais d'une voiture-radio. J'ai seulement pu entendre le médecin crier dans l'appareil de bord : « Ici Prelato, affaire réglée, nous arrivons. »

— Prelato? Vous êtes sûre? Vous auriez dû me prévenir tout de suite, dit Olivier.

— Je regrette, monsieur, j'hésitais. Je suis entrée dans la maison par l'arrière avec la clef que vous m'aviez remise. J'ai achevé le ménage et commencé à laver le linge qui traînait. Mme Legarneau m'avait dit qu'elle essaierait de passer vers une heure avant de reprendre son travail. J'attendais...

— Excusez-la : elle a été retenue, dit Olivier. Et ne vous inquiétez pas, je vais faire le nécessaire. »

M. Mercier avait déjà raccroché son écouteur, stoppé l'enregistrement, jeté son mégot dans un cendrier à pied dont il actionnait le

tourniquet, le front barré d'un long pli creux :
« Qu'ont-ils contre cette fille? demanda-t-il.

— Son mari, je le sais depuis peu, était secrétaire de cellule, dit Selma.

— Nous y voilà! reprit l'ambassadeur, presque guilleret. On veut compléter votre dossier.
Ces gens-là sont vindicatifs en diable. Un attaché mexicain a déjà été déclaré, hier, *persona
non grata*. Bien sûr, c'est à moi de jouer. Je
vais tonner un peu et m'étonner beaucoup...
L'affaire est trouble et j'obtiendrai sûrement
que Prelato s'en tienne là. Par prudence, néanmoins, puisque nous sommes vendredi, je vous
expédie d'autorité chez moi, au bord du lac,
avec Vic et Selma. Vous rappellerez Maria pour
l'avertir de votre absence, sans autre préci-
sion... Chapeau! Cette fille a du sang-froid.

— On n'a pas trouvé le sénateur, dit Selma.
Mais que fera-t-il sans nous?

— Si ton frigo est vide, il jeûnera! De banquet en banquet, il arrive que j'en rêve! »
conclut M. Mercier, tapotant sa bedaine.

XIII

C'est Maria qui, au petit matin, s'est écriée :
« Tout va bien. Jamais nous n'avons été plus exposés... »

Et c'est vrai. Même si la perquisition ne doit pas se reproduire, reste que l'attention, la malveillance sont attirées sur cette maison. Reste que, si la police enquêtait sur elle, Maria serait bien empêchée de dire où et pourquoi elle avait un moment disparu. Et puis il y a le téléphone dont l'insistance ressemble à une surveillance : il a déjà sonné six fois, mettant à l'épreuve les nerfs de Maria, obligée de répondre d'une voix neutre, ancillaire, que non, ce n'est pas Mme Legarneau, partie pour plusieurs jours à la campagne, qui est au bout du fil; que non, ce n'est pas non plus Fidelia, malade, mais Maria, sa remplaçante, trop nouvelle pour en savoir davantage.

Elle ne ment pas. Où sont les Legarneau ? Combien de temps vont-ils rester absents ? Mystère. Vont-ils d'ailleurs pouvoir rentrer ? Et s'ils ne rentrent pas que vaudra ce refuge ? Là, ce n'est plus un mystère. Ce sera la fin de l'aventure. Mais sans doute s'habitue-t-on au pire. Le recours contre l'insupportable vient de son excès même, au-delà de quoi, si nous sommes en vie, c'est ce miracle qui prime. Mais qu'a-t-il donc Manuel? L'air détendu, il fredonne — faux, du reste — en compulsant ses notes. Mais qu'a-t-elle donc, Maria? Elle a osé s'esclaffer lorsque à la télévision — livrant une fois de plus leurs visages à des millions d'amis silencieux, mais aussi à des milliers de délateurs possibles —, l'annonceur a fourni la liste de vingt citoyens déclarés apatrides et de onze autres réputés hors-la-loi. Quand il a ajouté que les primes de capture allaient être triplées, elle a même frisé la plaisanterie de mauvais goût :

« C'est trop peu! Mais si vous poussez jusqu'au milliard... »

Peu après elle a resserré d'un cran la ceinture de Manuel en lui expliquant que, Selma faisant son marché le samedi matin et n'ayant donc pu s'y rendre, il n'y avait plus rien sur les claies nickelées du réfrigérateur. Puis elle s'est mise à danser devant le buffet, toute rose et disant qu'après tout c'était très bien comme ça, qu'il restait du lait en poudre, du sucre et de la farine, qu'on mangerait de la galette avec des olives et des anchois, puisqu'il restait aussi sur la planchette, au-dessous du bar, les amuse-gueules de l'apéritif.

Journée étrange. Apparemment c'est dans la tête de Manuel et surtout dans la tête de Maria qu'il s'est passé quelque chose : depuis l'heure où trois monstres, au-dessous d'eux, leur démontraient, par victime interposée, que le bonheur, parfois, c'est une urgence. Certes, de temps à autre, Maria a eu des remords :

« Nous blaguons et cette pauvre Fidelia, en ce moment... »

Elle a eu des chutes de paupières, des crispations fugitives. Mais pour l'essentiel, c'est une autre Maria, la vraie, que Manuel a vue brusquement sortir du noir — comme en sortaient jadis, en bout de Semaine sainte, les statues voilées des églises dont le vicaire retirait la housse. Vraiment ressuscitée, vivante, jeunette, fleurissant l'air d'yeux lumineux, elle s'est mise à babiller des choses, à proposer des énigmes, des charades, des jeux de veillée :

« Une pythonisse avait prédit à Cicéron qu'il vivrait jusqu'en l'an 43 avant Jésus-Christ ? Est-ce vrai, Manuel ? »

Il a plongé :

« Ma foi, ça semble bien être la bonne date...

— En effet, a dit Maria. Mais vous croyez qu'une pythonisse, 43 ans avant Jésus-Christ, pouvait dater un événement en fonction de l'ère chrétienne ? »

Et celle-ci et celle-là... Maria en a bien débité une dizaine, en préparant ses galettes, en les glissant au four, en les servant très chaudes et, ma foi, comestibles. Elle tournait dans la pièce, elle faisait voler de la jupe. Elle était devant Manuel, elle était derrière lui, elle lui bandait les yeux de ses deux mains, en demandant :

« Qui est-ce ? »

Et Manuel, se retournant, découvrait accroché au dos de la chaise le grand pantin de Vic le

125

fixant de ses prunelles noires faites de deux boutons de bottine. Bien sûr, très vite, elle s'est retrouvée sur ses genoux, étouffée par deux bras enroulés comme boa sur gazelle. Elle s'en est dégagée, essoufflée, au terme d'un baiser qui fleurait l'anchois et, considérant un Manuel rembruni, elle a dit :

« Allons, Manuel! Quand la loi redevient celle de la jungle, c'est un honneur que d'être déclaré hors-la-loi. »

Redevenue sérieuse, elle a disputé sur le choix d'un pays d'accueil, le souhaitant de langue espagnole afin de leur permettre à tous deux de se retrouver, elle secrétaire, lui professeur comme jadis :

« Le Mexique! a dit Manuel, rêveur. J'ai un ami à Acapuncta au pied de la Sierra de Nayarit. Je suis allé le voir une fois à l'occasion d'un congrès d'enseignants. »

Maria a répété le nom : *Acapuncta,* comme elle aurait murmuré : *Sésame!* Elle ne semblait plus douter de l'avenir, mais s'inquiéter de ce qu'il serait dans le quotidien. Elle a cherché à savoir si Manuel se sentait le droit de vivre en personne privée, d'abandonner une cause pour laquelle il s'était si longtemps battu :

« Vous ferez ce que vous voudrez, Manuel, bien entendu... »

La nuit est tombée, elle parlait toujours. C'est seulement vers dix heures qu'elle s'est un peu engourdie ou, plus exactement, qu'elle a confié aux silences le soin de prolonger de petites phrases. Elle commençait à se frotter les paupières quand celle-ci est tombée :

« Deux enfants, voulez-vous ? »

Des enfants ? Manuel n'y avait guère songé. Il ne niait pas la dette que, pour l'avoir reçue, tout vivant contracte avec la vie. Mais la donner, pour ceux qui ont consacré la leur à l'exaltation *d'une autre vie,* promise à tous, c'est une moindre urgence. Ils n'ont pas hâte de se reproduire, de contraindre des êtres à perpétuer un monde qu'ils condamnent. N'ayant pas été fils, mais plutôt frère dans la chaleur du nombre, Manuel pourtant se savait incomplet, se ressentait seul, en hésitant toutefois à décider si d'être privé de famille cela rend plus faible ou plus fort. La famille, seul endroit où le sang de chacun circule dans les autres ! Que Maria lui en fît... peut-être ! On verrait. Deux enfants, pourquoi pas ? Un pour chacun de ces jeunes seins pointant sous le corsage de Maria, qui précisait :

« Fille ou garçon, peu importe ! Mais plutôt qu'un appartement, une maison pour les mettre dedans...

— Je vous en prie, Maria ! a dit alors le « père ».

— Quoi donc, Manuel ?

— Ne brûlons pas la première étape. »

Double sourire : évidemment les enfants, ça se met d'abord dans une mère. Maria a soutenu le regard luisant de Manuel. Avant de murmurer :

« Il est tard, Manuel. Je vais me coucher. »

*

Elle dort en bas, dans la chambre d'ami, devenue chambre de bonne : c'est sa place, il faut que tout soit plausible; et c'est tout de même moins gênant pour elle que le réduit.

Elle dort, seule, tandis qu'en haut Manuel veille et se tourne et se retourne, comme lorsqu'elle était près de lui sur le matelas pneumatique parallèle au sien, tentante et respectée. Il n'aurait sans doute pas dû appuyer devant elle sur le bouton électrique de l'escalier. Il aurait dû la suivre...

Il aurait dû. Il n'a pas osé. Sa gaucherie, il en est bien conscient, c'est celle d'un orphelin encaserné à l'Assistance, au régiment, à Normale, puis au milieu de ses propres élèves, de ses camarades, de ses collègues; c'est celle d'un homme de trente-sept ans qui n'a du sexe opposé que des souvenirs éparpillés en des chambres d'hôtel. L'espèce jeune fille lui est parfaitement inconnue. Même insigne, un homme sur ce chapitre peut être insignifiant.

Manuel se relève, va brosser d'un sourcil les bords de l'œilleton. La nuit est du noir sale des vieux papiers carbone et, comme eux, toute piquetée. Ne brillent vraiment que les plus grosses étoiles et, notamment, Canopus, en plein sud. On distingue à peine, au-dessous, ce point rougeâtre qui n'a sans doute pas de nom sur les cartes du ciel et que, petite fille, Maria avait adopté en l'honorant du nom de sa mère défunte : *Ennis*.

« Elle vous regarde ! » a dit Maria, un soir.

Mièvrerie ? C'est vite dit. Au début il s'en agaçait fort. Il a changé d'avis. Il aurait plutôt besoin maintenant de ces petites fraîcheurs. Il pourrait répondre oui à la question que lui posait Maria en sortant de l'hôpital :

« Etes-vous capable d'oublier le sénateur ? Pour moi, c'est important. »

Ce jour-là, elle portait une robe grise avec une ceinture, un col et des poignets grenat. Appuyée sur deux cannes, elle poussait devant elle son gros pied plâtré couvert de graffitis bleus, noirs, verts ou rouges : les signatures de ses amies. Elle venait de dire tout à trac, parce que Manuel regardait ses cheveux :

« Eh oui, je suis rousse, ma mère était irlandaise ! Ça explique aussi le reste... »

Ni son père ni sa belle-mère n'étaient venus la chercher et ceci expliquait encore quelque chose. Mais lui, Manuel, était là, séchant froidement pour elle une séance du Sénat et il savait déjà qu'il n'entamait pas une simple aventure; et elle le savait si bien, elle aussi, que cinq minutes plus tard, dans la voiture même dont la roue lui était passée sur la cheville et qui la ramenait à son studio, elle allait avouer, avec cette voix pointue dont elle use pour le trait :

« Il faut vous rendre compte, Manuel, de ce qui nous arrive : nous n'avons rien de commun, sauf l'envie de le vivre ensemble. »

Rien de commun ? C'était à voir. Une jeunesse tronquée, une revanche à prendre, l'appétit d'autrui, le respect de ses moyens associé à un certain mépris de ses intérêts, ce ne sont pas de négligeables affinités. Même caractère, même gabarit : ainsi s'accrochent les êtres et les wagons, sans souci de ce qu'ils transportent, mais seulement de ce qui les entraîne dans la passion comme dans le mouvement.

Un *mouvement,* oui : c'est bien à quoi ils ont tous deux, d'abord, essayé de résister. La loyauté de Maria peut friser l'insolence. Plus disponible, en principe, elle a toujours été rare. Elle ne relançait pas. Elle se laissait rejoindre, heureuse, rieuse, mais sans pitié :

« Enfin, Manuel, vous êtes socialiste et athée. Moi, je suis croyante et pas du bout des lèvres, sachez-le : un vrai poisson dans l'eau bénite. »

*

Manuel revient vers son matelas, s'y recouche. Aimer un être en estimant que ce qui le fait vivre est une infirmité, il ne l'aurait pas cru possible. Surtout à ce moment-là ! Dans l'assaut — encore légal — que subissaient les siens, l'église, l'église de Maria, longtemps réticente, venait de prendre parti : contre eux. Auprès de Maria, par moments, il se faisait l'effet d'un transfuge; puis se prenait à espérer que le transfuge, ce serait elle; qu'un jour, avec sa robe, elle dépouillerait ses convictions. *Qui m'aime me suive!* Toute vérité le proclame et c'est la plus récente qui devrait l'emporter.

Manuel se retourne sur le flanc gauche, parce que sur le flanc droit, au bout de cinq minutes, renaît ce point de côté — sans doute un point

130

de colite — qu'il néglige depuis des semaines. Pourquoi n'a-t-il pas rompu? L'explication n'est pas claire; et le plus stupéfiant sans doute est que ce soit au bidonville de San Juan, là même où sur son propre terrain elle lui faisait offense, que Maria ait gagné la partie. Elle avait encore ce jour-là sa robe grise à parements grenat. Après une réunion en plein air, Manuel s'en allait, escorté d'enfants guenilleux, pataugeant dans la boue parsemée de détritus; et soudain elle est sortie d'une cahute, assemblage vingt fois recloué de tôle, de contre-plaqué, de carton, le tout honoré d'une fenêtre réduite à un carré de plastique et d'une porte faite d'un panneau publicitaire célébrant, à l'envers, les mérites de *Matsushita Electric Industrial.*

« Maria! ont crié les enfants, l'entourant aussitôt d'une double couronne de loques et de sourires.

— Maria! Qu'est-ce que vous faites ici? » a dit Manuel, d'une voix sourde, partagé entre l'estime et la colère.

Ce qu'elle faisait dans cette cabane dont elle sortait, un tablier replié sur le bras et l'insigne des *Marthes* épinglé près de l'épaule, ce qu'elle faisait dans ce bidonville dont tous les gosses paraissaient la connaître, c'était facile à deviner; et ceci expliquait du même coup pourquoi, sans raison, sans même prétendre les réserver à sa famille, Maria lui refusait depuis deux mois certaines soirées de semaine et des dimanches entiers qu'il s'ingéniait pourtant de son côté à libérer pour elle. Qu'elle parût contrariée ne changeait rien à la chose. Secrète, elle secourait son prochain sous la bannière d'une œuvre dont la spécialité n'était point, hélas!, de lui enseigner ses droits. Mais Maria n'était pas du genre à rester court :

« Excusez-moi, a-t-elle dit, si je ne suis pas allée vous entendre. Nous prospectons la même clientèle, mais moi je fais du porte à porte. J'ai là six enfants, dont la mère accouche d'un septième... Vous rentrez, je suppose ? »

Elle lui a pris le bras et c'est seulement plus loin, quand ils ont été seuls, qu'il a osé contre-attaquer :

« Si je comprends bien, vous faites ici, bénévolement, ce que vous avez refusé de faire chez vos parents.

— N'est bénévole que ce qui est volontaire », a dit Maria.

Et pesant sur son coude pour ralentir sa marche, un peu trop saccadée :

« Je vous en prie, ne me faites pas de discours. Vous allez me dire qu'on n'assure pas la justice en pratiquant, au coup par coup, la charité. Je fais de l'aide sociale. Et alors ? C'est un vice ?

— Non, a dit Manuel, un petit nombre de chrétiens se sont aperçus que travailler pour leur ciel, c'était bien égoïste et qu'il fallait peut-être sur cette terre non pas seulement secourir son prochain, mais refuser l'enfer des autres. Malheureusement vous ne savez pas que les démons sont des hommes d'une certaine espèce...

— Bref, a repris Maria, c'est la motivation qui vous hérisse, parce que ce n'est pas la

132

vôtre... En ce moment, vous vous sentez séparé de moi et vous le supportez mal.

— C'est vrai, a reconnu Manuel. Si vous étiez ma femme, je le supporterais mieux. »

*

Il croyait s'être recouché; il est debout près de la trappe, hésitant à appuyer sur le bouton. Le ronronnement du moteur ne fait guère plus de bruit que celui d'un frigo, mais il ne faut pas que Maria se réveille trop tôt. La claustration, la déchéance, l'incertitude, le danger qui peut maintenant le séparer d'elle bien plus radicalement qu'une foi différente, cela aussi il le supporterait mieux si...

N'a-t-elle pas accepté d'avance? *Pour nous, ce sera quand vous voudrez, Manuel...* Il est vrai que la phrase était écrite en travers du carton d'invitation au mariage de sa sœur. Mais si un padre est nécessaire, autant envoyer tout de suite un nouveau carton à la Junte! Où la mort rôde, l'amour peut-il attendre? Que Maria en décide! Il n'y a qu'à presser sur ce bouton. L'escalier n'a que douze marches et dans le couloir, à gauche, il suffit de huit pas. Il poussera la porte. Il dira...

Déclic. Le moteur ronronne. Pourtant Manuel peut le jurer : il n'a pas avancé la main. Il l'a laissée dans la poche de son pyjama : un pyjama d'Olivier, trop grand pour lui, retourné aux poignets comme aux chevilles.

Le moteur ronronne, la trappe s'abaisse et par l'ouverture qui s'agrandit pénètre une lumière discrète, bleutée, qui n'est pas celle du plafonnier, mais celle de l'applique située au fond du couloir, là où il fait un coude vers la salle de bains. Il faut vingt secondes pour que l'escalier se déploie. D'abord apparaît un tableau cubiste : deux cloisons fuyant vers une troisième en étirant des triangles d'ombre. Puis le tableau devient surréaliste : une tête pénètre dans le cadre, suivie par deux épaules et une interminable chemise de nuit brodée d'un S à hauteur de sein et descendant tout droit jusqu'à cette rangée de dix orteils ongulés d'onyx pâle, au ras desquels vient se mettre en place la dernière marche. D'ordinaire quand l'escalier touche, il y a dans la mécanique, jusqu'alors silencieuse, une pièce de métal qui se met à frémir. Ponctuelle, la pièce de métal frémit.

« Vous descendiez ? dit Maria.

— Vous montiez ? » dit Manuel.

*

Toute la nuit l'escalier va rester béant; et ce ne sera pas une précaution en cas d'alerte, mais un oubli.

Manuel a rejoint Maria, il l'a prise dans ses bras; il l'emporte vers la chambre d'ami. S'il flageole un peu, ce n'est pas qu'elle soit lourde, c'est qu'il a le trac, qu'il se souvient de la « Marthe » aux édifiants travaux. La naïveté n'est pas toujours là où on l'attendrait : en fait de simplicité Maria peut lui en remontrer. Elle n'a jamais été la fille des consentements partiels, des jeux de main, du dépeçage de linge au bout de quoi les ingénues éventuellement succombent. Mais le refus de l'occasion exalte la décision. Au pied du lit elle se redresse, elle remue de rondes épaules sous les brides minces retenant la grande cloche de linon qui l'entoure. Elle murmure :

« Frère Laurent n'est pas au rendez-vous... Tant pis ! nous nous passerons de lui. Ce que je vous offre, je ne peux pas plus longtemps me le refuser. »

Si le ton n'est pas solennel, la comparaison véronaise — qu'elle utilise pour la seconde fois — et l'alliance de sa sœur toujours fichée à son doigt suggèrent que pour elle il s'agit tout de même bien d'une nuit sacramentelle. Mais aussitôt, d'un geste vif la passant par-dessus sa tête, elle dépouille cette longue chemise qui tombe, précédant le pyjama de Manuel dont elle dénoue elle-même le cordon. Une fille nue, encore debout, considère un garçon nu, encore debout. Ils s'étonnent, souriants : lui de la trouver si chair et si statue, elle de découvrir cet animal velu tout ficelé de muscles. L'innocence les gagne, ils sont à peine gênés : lui d'être déjà vigoureusement armé, elle d'abandonner le rempart et de crier en somme au soldat : *Ville ouverte* ! Ils sont tout de même à court de mots, à court de gestes et c'est encore Maria qui s'allonge la première. Les voici côte à côte. Les voilà face à face. Adam et Ève, une fois de plus, font ce qu'il faut. Un *tu* tout neuf fleurit dans la bouche de Maria :

« Tu me fais mal. »

Elle ne le répétera pas. On se trompe sur le

feu que gardent les vestales : ce peut être le leur. Presque aussitôt la grâce s'empare de Maria; elle commence à tanguer d'une tempe à l'autre, à user du privilège — plutôt rare — des filles immédiatement douées pour le plaisir; et de pauses en reprises l'atteignant davantage, elle chante sa partie dans le choral à deux souffles au point de s'en ébahir :

« Eh bien », dit-elle enfin.

Si toute femme la vit, à son heure, la *maja desnuda* est rarement parfaite et, reprenant haleine, Manuel parcourt encore des yeux ce corps embroussaillé de roux, aux attaches un peu fortes, à la peau piquetée de son, mais tendue sur une jeunesse sans plis, sans bourrelets, sans souvenirs. Son regard remonte vers un visage où luisent des prunelles vertes et des lèvres humides, entrouvertes sur de petites dents très blanches et très serrées. Un soleil de cheveux s'étale, se disperse, rayonne sur l'oreiller, semble éclairer la pièce. C'est une autre chaleur qui maintenant, tous deux, les envahit : celle de la tendresse.

XIV

Comme chaque matin, Olivier s'était levé tôt
pour aller tremper du fil aux premières lueurs
de l'aube. Il en revenait, bredouille, mais
affamé. Rien ne bougeait encore dans le chalet.
Débarrassé de sa canne à lancer, de son épui-
sette qui n'avait pas eu l'occasion de toucher
l'eau, il s'était accoudé à la balustrade de la
galerie, faite de troncs simplement écorcés.

« Selma! » fit-il à mi-voix.

La porte-fenêtre donnant sur la terrasse était
à moitié ouverte, mais seul s'y agitait un bout
de rideau à franges. Dommage! La nature a
parfois de l'humour. Olivier regrettait de ne pas
avoir emporté d'appareil. Jadis un Christ en
pleurs, vaguement dessiné par les nuées d'un
orage dans le ciel de Corée, fit la fortune d'un
photographe dont les journaux américains se
disputèrent le cliché. Aujourd'hui, en face de
lui, se levait un gros disque rouge, occulté plein
centre par un petit nuage en forme de barre,
parfaitement blanc. Le tout reposant sur la
pointe d'un cyprès, figurait un superbe panneau de sens interdit! Le soleil et la Junte

étaient d'accord pour barrer la direction de l'est.

« Selma ! » fit Olivier un peu plus haut.

La tête renversée, regrettant à peine de ne pas avoir de nouvelles depuis trois jours, refusant de s'avouer que le patron devait rencontrer des difficultés, Olivier regardait la cuvette bleue remplie d'autres petits nuages, grumeleux, bordés de roux, pointillés de grisâtre, très patates épluchées par le vent. C'est tout ce qui restait des nimbus de la veille, responsables d'une pluie nocturne repérable à ses traces : luisance des feuilles, teinte plus sombre des cailloux, teinte plus claire des cercles de terre sèche qu'avaient protégés les arbres où d'inlassables pigeons roulaient des r. Le lac lui-même était recouvert de brume basse : molleton mince transpercé de pointes de roseaux et d'où partaient de biais des envols de canards à bec rose. Il faisait encore frais. La matinale acidité de l'air s'éparpillait en cris d'oiseaux, en fruits verts accrochés aux pommiers.

« Selma ! »

Cette fois lui répondit l'heureux petit grognement de la fille qui s'étire. Presque aussitôt parut un déshabillé mauve d'où sortaient deux frissonnants bras nus.

« Vic dort, dit Selma, s'accoudant à son tour. C'est aussi bien. Il ne trouve plus d'enfants avec qui jouer.

— Ils ont peur », dit Olivier.

Le paysage même l'affirmait. Si du côté du lac au décor quasi canadien de chalets de sapin brut dispersés dans les arbres, il conservait son

138

charme d'isolat pour fortuné touriste, du côté
de la campagne, il s'était engourdi. M. Mercier
prêtant volontiers sa « baraque », les Legarneau connaissaient bien le village contigu, tapi
dans ses fumées et surpeuplé de gosses demi-
nus, bavards, vite apprivoisés, voire envahis-
sants. Lors de leur premier séjour, deux ans
plus tôt, c'était la fête. Le grand domaine voisin
venait d'être morcelé et les paysans du coin
malgré leurs chicanes, malgré les tracasseries
du latifundiaire évincé, donnaient l'impression
d'être enfin plantés sur leur terre comme des
bougies sur un gâteau.

Plus rien de tel. Un puissant tracteur déchau-
mait, sans se soucier des lots individuels, effa-
cés par un second engin attelé à une charrue
multisoc, tirant des sillons d'un kilomètre. Le
régisseur trottinait à travers champs sur un
cheval pommelé, suivi par deux contremaîtres à
pied, le fusil de chasse en bandoulière. Une fille
sans âge, aux seins éboulés, se penchait sur sa
houe en l'observant de biais. Un peu plus loin
une douzaine de sarcleurs, se figeant à son
approche, encensaient mollement de la tête.

« Qu'est devenu Agapito ? murmura Selma.
Tu as vu ? Sa maison a brûlé. »

Parmi les trente cubes de pisé du village, il y
en avait au moins trois d'effondrés, dressant
vers le ciel quelques moignons noircis. Ce
qu'étaient devenus leurs occupants — et
notamment Agapito, l'animateur local de la
coopérative —, mieux valait sans doute ne pas
le demander.

« A propos, reprit Selma, Eric a téléphoné

cinq minutes après ton départ pour la pêche. J'ai vaguement compris, avant de me rendormir, que nous pouvions rentrer, mais que le patron te demandait de passer le voir avant de remettre les pieds à la maison.

— Alors, bouclons nos valises, dit Olivier. Mieux vaut ne pas traîner : nos amis doivent claquer du bec. Bien entendu tu téléphones à Maria pour l'avertir du retour des patrons. Il ne faut pas qu'en arrivant nous tombions sur le sénateur... »

Il ravala sa langue. *Min sockerdocka*! s'écriait Selma. Estimant que ce tendre vocable ne le concernait pas, Olivier se retourna pour sourire à un Vic parfaitement nu, si pâle de poil, si bronzé de peau qu'il semblait vivre un négatif :

« Qui c'est, le sénateur? » demandait l'enfant, le visage troué par la bouche comme son petit ventre par le nombril.

XV

Dans le jardin, sur un rosier remontant il y avait trois roses tardives, fragiles comme sa joie.

Habituant du même coup le voisinage à la présence d'une nouvelle bonne dans la maison des Legarneau, Maria étendait du linge. Elle venait de poser huit pinces le long d'un drap sous le poids duquel s'incurvait le cordeau quand, arrivant au pas cadencé, la section de relève, anormalement gonflée, s'arrêta pile à la hauteur de la grille. Un instant médusée, sciée en deux par une crampe d'estomac et laissant le vent gonfler cette lourde voile qui s'égouttait sur ses chaussons, Maria prit sur elle. Rompant avec la raideur quotidienne qui faisait de cette relève une parade destinée à l'édification des riverains, le galonné de service venait de lui adresser un superbe clin d'œil. Elle répondit d'un petit geste de la main. Bonne affaire! Pour ne pas être en reste le sergent salua, et la propriétaire de la villa contiguë, une matrone enfarinée, qui justement louchait par-dessus la clôture, en parut ébaubie.

Talonnant ferme, la section marquait le pas.

La sentinelle la plus proche pivotait, repartait en angle droit, lançait huit fois la jambe en l'air en traversant la chaussée, pivotait de nouveau, prenait la file sans être remplacée.

« *Adelante, de frente* ! » cria le sergent.

Maria s'avança davantage et osa même ouvrir le portillon sans toutefois s'aventurer sur le trottoir. A gauche il n'y avait plus aucun factionnaire au pied du mur d'enceinte et à droite les autres rejoignaient un par un la section qui, de relais en relais, disparut au bout de la rue, massive, dans un balancement de hanches et de fusils. A l'évidence, on supprimait le cordon, on rouvrait le parc. Maria rentra sans hâte, pour enfiler plus vivement le couloir. L'escalier était déjà déplié : Manuel avait eu la même idée qu'elle. Il était monté quatre à quatre jusqu'à son observatoire; il en redescendait, secouant la tête :

« Non, dit-il, ils ont évacué les abords du parc, mais on aperçoit toujours une dizaine de casques autour du jardin de l'ambassade. Nous ne pouvons pas la rejoindre... Quelle heure est-il ?

— Onze heures et demie, dit Maria. Mon pauvre chéri, il va falloir que tu regrimpes : les Legarneau peuvent arriver d'un moment à l'autre. »

Double soupir. Tendu, résistant, les retenant comme un élastique, s'étirait entre eux ce regard des amants obligés de se séparer.

« Je vais regretter leur absence, dit Manuel. Depuis trois jours nous vivions presque normalement.

— Ne le regrette pas trop, dit Maria. Nous allions oublier ce que nous sommes, et l'important, tu le sais bien, c'est ce que nous serons. »

Elle étendait la main; elle montrait ce visage lisse, masqué de douceur résolue, dont elle avait sans doute appris l'usage en maternant les enfants des autres. *Ce que nous serons...* Un futur incertain ne rembourse pas d'un ardent présent et, pour y faire allusion, la voix de Maria avait manqué de moelleux. Manuel se méprit et, remontant de trois marches, fit doucement :

« Excuse-moi, Maria, je ne voudrais pas que tu sois fâchée d'un bavardage un peu vif.

— Fâchée de quoi, Manuel ? »

Elle eut ce rire léger qui manque aux hommes si souvent alourdis par l'importance qu'ils donnent à leurs propos :

« Tu veux parler de notre petite discussion de ce matin ? Mais chéri, nous en avons eu, nous en aurons sûrement d'autres. Toi et moi, c'est une réussite qui n'a vraiment rien à voir avec l'ordre du monde.

— Crois-tu ! reprit Manuel. J'ai l'impression que si l'ordre du monde, ces temps-ci, nous convenait mieux, je ne serais pas obligé d'aller me tapir dans mon trou. »

Elle mit deux doigts sur sa bouche pour le faire taire et en même temps lui envoyer un baiser. Puis tandis qu'il franchissait la trappe, elle s'en fut, tortillant de la cheville droite, restée faible, inspecter chaque pièce pour rendre à qui de droit une maison exemplaire.

*

Lui, là-haut, retrouvant son matelas pneumatique, privé de son jumeau, allumait nerveusement une cigarette, s'en repentait, l'éteignait en l'écrasant sur une solive.

Que s'étaient-ils donc dit, au saut du lit, sortant de cette fureur douce avec laquelle, une fois de plus, ils avaient célébré leur réveil. Et pourquoi ? Au bout de soixante-douze heures de fête continue on peut avoir soudain envie de marquer le coup, de laisser une mouche tomber dans le sirop. C'était aussi bête que ça... Voyons ! Maria, qui mettait sa culotte, se moquait gentiment d'elle-même, disait qu'elle se sentait comme un bernard-l'ermite sorti de sa coquille. Un bernard-l'ermite, oui, parce qu'il enfouit où il peut — dans un vieux murex vide, dans une troque — la moitié basse, la moitié molle et toujours en danger de son corps. Aveu tranquille. Aveu doublé d'un autre : elle aimait sa coquille, un peu rigide, mais solide : bref, ce genre de vie qu'il devait comprendre mieux que personne, lui qui...

Eh bien, non ! Comparaison refusée. Voilà où les choses s'étaient mises à dériver. Sur une descente de lit, en si simple appareil, engager un débat sur la croyance et sur la conviction, mettre en balance leurs mérites, leurs effets respectifs, il faut le faire ! Et l'échange final, en sa justesse, n'en était que plus cocasse :

« Enfin, Maria, puisqu'elle l'a racheté, paraît-il, pourquoi la Rédemption n'a-t-elle pas du même coup extirpé de ce monde la misère et l'oppression ?

— Et pourquoi, Manuel, vos amis peuvent-ils devenir féroces, même entre eux, pour imposer leur recette du bonheur ? »

Stupéfaite et la bouche ouverte, comme si le mot *bonheur* lui restait collé au palais, Maria avait coupé court pour filer à la cuisine et en revenir, folâtre, disant qu'Allah était grand, qu'on entrait dans le Ramadan, qu'hormis du thé — et encore, en rationnant le sucre — elle ne pouvait plus rien offrir, qu'elle songeait sérieusement à se rendre au souk le plus proche...

Sans le coup de fil de Selma elle aurait pris ce risque. Mâchouillant sa cigarette éteinte, Manuel reniflait l'odeur pour lui désormais familière des moineaux, écoutait leurs pépiements, leurs petites disputes griffues, réfléchissait. Parce que l'amour, ça vient du hasard et qu'il faut du temps pour que cette idée en nous s'abolisse, un homme de cette fichue race, dite sérieuse, même lorsqu'il est comblé, n'admet pas son nouveau personnage sans quelque appréhension. Depuis trois jours, avec ce sens aigu, prémonitoire, des chances menacées, Manuel se répétait : « Au moins, j'aurai eu ça », et en même temps : « Mais ça, c'est quoi ? »

Qu'est-ce que ça vaut ? Quand il recouvre tout, l'amour s'étonne d'avoir à se comporter de la même manière que chez ceux où il ne recouvre rien. N'est-il pas tout spécial ? Peut-il accepter de dépendre d'un taux de testostérone ? Voilà bien la chanson : *Je voudrais te faire*

autre chose, témoignant de ce que tu m'es... Or,
venu de la foire aux passantes des vies de célibataire, Manuel II, c'était bien le même
homme, aux mêmes gestes, faisant le même
office que Manuel I. Le seul cousin qu'il se
connût — un boutonneux coureur — avait là-
dessus un mot affreux :

« La fille-boyau et la fille-tabernacle, crois-
moi, ce sont des sœurs jumelles. »

Que ce fût une ânerie, doublée d'une offense
à l'espèce, Manuel n'en avait jamais douté.
Mais traînait encore en lui un peu de cette
méfiance pour « le domaine privé » que dans le
parti même nombre de camarades professaient
au nom de la célèbre apostrophe : *les amoureux
sont de mauvaises recrues pour la révolution,*
si proche d'ailleurs de celle de saint Paul :
*l'homme sans femme s'occupe mieux des affai-
res de Dieu.*

Des imbéciles, ce sont des imbéciles, et moi,
tout le premier ! grognait Manuel, entre ses
dents. Pauvre type ! As-tu perdu toute éloquence
en te découvrant doué pour la gémination ? Tu
te souviens d'Attilio, mort devant toi ? Il avait,
lui aussi, une femme adorable : quand l'a saisi
le chiffre deux, il a mis des semaines à s'en
remettre; il arborait un petit sourire gêné
quand on le félicitait. Te voilà aussi embarrassé
que lui, aussi bêtement digne devant ce grand
rassemblement de prépositions : *en, pour, par,
avec,* sans compter les locutions prépositives
dont tu parlais jadis dans ton cours de gram-
maire, *à cause de, à côté de, autour de, d'après,
en face de* et vingt autres, toutes suivies du

prénom-pronom *Toi*. Quelle affaire! Tu as
besoin de te disculper d'être heureux. Tu as
besoin d'en trouver chez d'autres de bons
exemples.

Une demi-heure plus tard, il y songeait
encore. Une portière claqua juste au moment
où il marmonnait :

« Ce qui te gêne le plus, ce ne serait pas par
hasard de vivre une lune de miel au moment où
tant d'autres vivent une lune de fiel? »

Ankylosé, il s'étira, s'avança vers l'œilleton.
Olivier et Selma traversaient le jardin, mais Vic
n'était pas avec eux.

*

Cinq minutes plus tard le signal habituel libérait Manuel qui se retrouva dans la grande
salle près de Maria, en éprouvant la curieuse
impression d'intervertir les rôles et de recevoir
des visiteurs trimbalant leurs valises. Selma, du
reste, semblait très embarrassée de son ventre
et, plus encore, des nouvelles qu'elle apportait
comme des précisions fournies entre-temps par
Maria sur ce qui s'était réellement passé dans
la máison. D'un même geste du bras encerclant
leurs deux femmes, les deux hommes n'éprou-
vaient pas moins de confusion :

« Tout compte fait, avoua Selma, je ne
regrette pas de quitter ce pays.

— Ne craignez rien, fit aussitôt Olivier,
voyant blanchir Maria. Le patron vient de
m'avertir que j'étais déclaré *persona non grata*
et que nous avions dix jours pour regagner la

France. Mais il pense avoir les moyens de vous faire partir auparavant. C'est même pour ça que nous avons laissé Vic à l'ambassade : il fallait que je m'entretienne avec vous pour lui donner, dans l'heure, une réponse.

— Ne t'affole pas », dit Manuel, serrant plus fortement Maria contre lui.

Le tutoiement fit sourire Selma. Maria vacillait, comme si la maison s'était envolée au-dessus d'elle et, maintenant, consentait à redescendre.

« Je vais vous étonner, reprit Olivier, mais pour se donner bonne conscience et du même coup blâmer une répression qu'ils estiment excessive, les Américains, discrètement contactés, acceptent de vous prendre en charge.

— Les Américains ! » fit Maria.

Le toit se soulevait de nouveau. Sans se faire plus d'illusions qu'elle, sans regarder Manuel, Olivier insistait :

« Ils sont les seuls à pouvoir le faire. La Junte qui, elle-même, a intérêt à ne pas trop se vanter de leur aide, protestera furieusement, après coup, mais n'osera jamais intercepter une voiture ni un hélicoptère battant à leurs couleurs. N'oubliez pas que leur flotte croise au large...

— Je vois ! » dit Manuel, faiblement.

Il était au supplice et, une main toujours crispée sur l'épaule de Maria, l'autre lui voilant le visage, il essayait de donner le change, de ne pas refuser séance tenante un dénouement qui libérait ses hôtes :

« Je sais ce que je vous dois, reprit-il enfin,

mais vraiment même pour le reconnaître, même pour sauver celle-ci...

— Décidez en conscience, dit Olivier — aussi figé que sa femme. Pour tout vous dire, je dois ajouter que la Junte, vous croyant réfugié à l'ambassade, nous a fait une incroyable proposition : livrez-nous le sénateur et nous laissons partir tous ceux qui restent encore bloqués chez vous. Nous avons évidemment refusé.

— C'eût été pour moi plus honorable, balbutia Manuel, et pourtant je vous jure qu'en ce moment je n'ai aucune envie de faire le bravache. »

Les lèvres de Maria remuèrent, mais il n'en sortit rien.

« Condamner un peuple, sauver un individu, reprit Manuel, c'est vraiment le comble de l'hypocrisie. Je vous remercie, Olivier, de l'intention. Mais je ne peux pas être complice d'un geste de propagande. Que penserait-on de moi ? »

Entre quatre regards le débat devenait intense : ce fut Selma qui, la première, ne put en supporter davantage :

« Ne les torture pas. Dis-leur...

— Oui, fit Olivier, il y a une autre solution, mais beaucoup plus risquée : celle du passeur. On nous a parlé d'une filière. Plusieurs des vôtres y ont eu recours pour gagner la frontière. Nul ne sait s'ils sont arrivés à bon port. Si vous êtes reconnu, vous pouvez être trahi car vous valez très cher; et de toute façon cela exige de disposer d'une somme que nous ne pouvons

149

pas vous avancer et qu'il faudrait pourtant trouver d'urgence.

— Je préfère de beaucoup le passeur, dit Manuel, avec une désinvolture appliquée. Mais je dois avouer que ce que j'ai sur moi me permet tout juste d'acheter des cigarettes et que je ne me vois pas en train de retirer de l'argent à ma banque. »

Lâchant Maria, il avança vers la fenêtre dont les rideaux étaient imprudemment restés ouverts; il tira sur le cordon, puis se retourna, soulevant les bras pour les laisser retomber avec résignation :

« Permettez-moi d'attendre votre départ. Ensuite il ne me restera plus qu'à demander asile à ce bon Prelato.

— Non ! dit Maria, sortant de sa torpeur. Il nous reste une chance. Demain jeudi, dès neuf heures, je descendrai en ville. »

XVI

Pour qu'elle ait moins de chances d'être contrôlée, c'est dans sa DS qu'Olivier a fait traverser Maria. La ville était engourdie dans l'ordre. Ils ont franchi des carrefours où l'obéissance aux feux se révélait magistrale. Ils sont passés devant l'église dont une colonne d'enfants, alignés trois par trois — et le padre en flancgarde, un doigt levé, comptant son monde —, gravissait les marches sur de sages souliers cirés par des mères soucieuses d'honorer le catéchisme. Maria a dit :

« C'est là que ma sœur s'est mariée. »

Un peu plus loin elle a baissé la glace et lâché une rose cueillie dans le jardin des Legarneau et qu'une Volkswagen a aussitôt écrasée. Maria a dit :

« C'est là que le tank... »

La DS s'est bien gardée de ralentir et Maria est devenue rouge parce qu'à cinquante mètres près il lui était impossible de préciser l'endroit. Sur le trottoir où l'AML, bifurquant en hâte, était passée, une foule lente piétine l'asphalte en frôlant sans les regarder de nonchalants carabiniers promenant leurs mitraillettes.

« La cinquième rue à droite, la troisième à gauche et enfin la quatrième à droite », reprend Maria, d'une voix mince.

Comment serait-elle rassurée ? N'est-ce pas à la fois pour elle une rentrée insolite dans la vie normale et une sorte de levée d'écrou ? Que ses rapports avec Manuel ne soient connus de personne sauf de sa famille, aujourd'hui disparue, que son absence ait pu seulement intriguer son chef de bureau, que son vrai handicap, pour traverser une ville où ils sont constamment réclamés, soit le fait de ne pas avoir emporté ses papiers dans son petit sac de cérémonie... elle l'a répété elle-même sans en être plus convaincue que Manuel ou que ses hôtes. La méchanceté du hasard est bien aidée par celle des hommes.

« Je comprends le sénateur, fait soudain Olivier. Mais avouez qu'il nous complique les choses. »

Depuis le départ, il manie le volant sans souffler mot. Il comprend, bien sûr. Mais ce qu'a dit Selma, la veille au soir, pour essayer d'ébranler Manuel, il doit le penser aussi. Quand la « nouvelle bonne » a eu fini de coucher Vic — très content d'elle —, quand la discussion a repris, Olivier n'a pas une seule fois interrompu sa femme. C'est vrai, d'ailleurs, que la police peut en savoir plus long, qu'elle peut cueillir Maria à domicile, la « questionner » avec rage. Qui est certain de se taire, une dizaine d'allumettes enfoncées lentement sous les ongles ? Selma n'a pas osé ajouter que choisir le risque, par fierté,

152

c'est un droit, à condition de ne pas y entraîner les autres. Mais la disparition de Manuel, sorti discrètement, rattrapé de justesse dans la rue, en plein couvre-feu, a bien montré qu'il partageait le même sentiment, et Maria n'est pas prête à oublier son visage bouleversé de honte et de tendresse.

« Le bougre ! grommelle Olivier. Vous a-t-il dit où il allait ?

— Non, dit Maria, mais c'est facile à deviner. Il m'a répété trois fois : « Si quelqu'un doit sortir, c'est moi. »

La DS prend le dernier tournant, entre deux files d'immeubles récents aux étages comprimés, bétonnant une longue faille du ciel. Au loin, deux hautes cheminées dégorgent du coton gris sur les façades tachées de couleurs fades par un déploiement de lessives.

« J'habite au 15, dit Maria, près de la maison aux vitres cassées. Dans cinq minutes vous repasserez et vous jetterez un coup d'œil au huitième. Si tout va bien, j'y secouerai mon tapis. Quoi qu'il arrive, merci pour tout. »

*

Elle a sauté sans accorder un regard au 17, saccagé, mais en cours de réfection et d'où quelque tâcheron, à son intention, a galamment sifflé ; elle a franchi la porte en même temps qu'un couple âgé, inconnu d'elle et qui a salué la concierge : une nouvelle, debout devant sa loge et tricotant des yeux autant que des aiguilles. Dans le sillage de ce couple — dont on l'a

153

peut-être crue parente —, elle a traversé le hall et pris l'ascenseur où se sont engouffrés au dernier moment quatre autres personnes dont pour une fois elle s'est félicitée de pouvoir les classer parmi les occupants anonymes des deux cent quarante-trois logements à loyer modéré au nombre desquels figure au bout d'un couloir son modeste studio.

Curieuse impression. Le dallage sonne plus sèchement; les odeurs de ragoût, les cris d'enfants, les gargouillements de tuyaux, les graffiti, les paillassons à demi écrasés par les pieds d'une famille, célèbrent avec force une vie quotidienne enfouie dans l'habitude. Maria se retrouve devant sa carte de visite fixée sur le battant par quatre punaises enrobées de plastique blanc. En visite chez elle, elle sonne. Puis elle ouvre, d'un franc tour de clef. Elle ramasse deux lettres et, la porte repoussée, instinctivement, pour reprendre possession de son espace familier, elle pose sur son électrophone la première rondelle venue : un disque d'Art Tatum qui lui donne droit aux premières mesures de *You took advantage of me.* Enfin elle se précipite à la fenêtre pour y secouer le petit tapis simili-persan qui lui sert de descente de lit. La DS noire va repasser, lâchant deux légers coups de klaxon. Maria remet son tapis en place et s'assied dessus pour écouter le morceau suivant : *I'll never be the same.*

Morceau de circonstance! Un regard circulaire accordé à cette pièce, voilà peu, donnait satisfaction. On avait trente mètres carrés, un terme, des mensualités et, de l'autre côté de la cloison, une baignoire où plonger de la demoiselle : le tout bien à soi. On s'encoconnait là dans une liberté réduite, mais neuve. On s'y sentait majeure et vaccinée contre la petite rage d'avoir été « la fille de mon mari » dans une maison où Mme Pacheco — la seconde — avait banni le souvenir de Mme Pacheco — la première. On y avait d'ailleurs transféré celle-ci avec respect sous la forme de cette photo de jeune femme, faisant foi de ce qu'avait été une mère, morte d'avoir une fille et qui riait sur le mur en face d'un gendre possible, régnant dans un cadre identique. Tout est toujours en place, mais tout est changé. Ennis Pacheco, devenue veuve de son veuf, observe sa fille à qui l'on a crié qu'elle pourrait l'être aussi avant la noce.

Trêve de nostalgie! Maria se relève. Elle ouvre la première lettre : c'est un avis de licenciement très sec *pour n'avoir fourni aucune excuse, aucun certificat de maladie et cependant abandonné son poste en violation du décret sur la reprise du travail.* Elle ouvre la seconde lettre : c'est un rappel, avant sommation, d'avoir à payer sa police d'assurance échue depuis quinze jours. Il y a de la menace dans l'air. Huit fois déchirées, transformées en confettis, les deux lettres rejoignent leurs enveloppes dans la corbeille et Maria, ouvrant un placard, s'empare de son unique valise.

Art Tatum continue : il attaque *Without a song* avec ce bonheur gratuit, cet entrain génial qu'il eut pour quelques amis, certain soir, sans savoir qu'il était enregistré. Maria se déshabille, enlève la robe beige — empruntée à

Selma —, sa culotte et son soutien-gorge — empruntés à Selma —, range le tout dans la valise, et nue, baladant de petits seins, de petites fesses très fermes, procède à l'opération inverse, pioche dans sa commode, rhabille Maria avec ce qui appartient à Maria en terminant par sa robe grise à parements grenat. Puis elle retire de son cadre la photo de sa mère. Elle n'en fera pas autant pour celle de Manuel, trop dangereuse : elle aura l'original — ou rien. Toutefois elle emportera ses lettres, bien que plusieurs soient écrites sur papier à en-tête du Sénat. Un tailleur suffira. Un jean. Un pull. Un imper. Un peu de linge. Une paire de souliers plats qu'elle enroule dans un pyjama. Enfin la boîte de cigares peinte par Carmen enfant pour son anniversaire et qui contient quelques coupures, les indispensables papiers, la bague de fiançailles de sa mère et les clefs de l'appartement paternel.

C'est tout. Les hardes, les bibelots, la vaisselle, la batterie de cuisine, l'électrophone — hélas ! trop encombrant et qui continue de tourner —, l'aspirateur, la télé, les meubles — après tout acquis à crédit —, ce sera pour les huissiers chargés de récupérer les traites, le loyer, les impôts. On peut leur faire confiance : sous-estimé, grevé de frais, livré en salle des ventes à de maigres enchères, l'ensemble — qui les vaut bien trois fois — ne soldera pas les dettes... Allons ! Les choses ne sont que des choses et leur regret, quand il vous pince, ça peut s'offrir. Maria pirouette. Maria regarde Manuel dont la petite moustache a goût de tabac et fait rougir la peau quand il la brosse de baisers. Elle murmure :

« Sois tranquille ! Je ne ferai pas partie de la saisie. »

Et elle s'enfuit, valise au poing, tirant la porte sans la boucler, dégringolant les huit étages par l'escalier au lieu de reprendre l'ascenseur.

*

Mais en bas elle va se faire accrocher par la concierge qui lui barre le passage, armée de ses aiguilles :

« Qui êtes-vous, mademoiselle ? Où allez-vous, avec cette valise ?

— Eh bien, quoi ? fait Maria. Je suis la locataire du 208 et je vais à mes affaires. »

Plus forte qu'elle, cette femme ne peut être bousculée. De toute façon, on ne court pas vite, avec une valise, on ne va pas loin quand, derrière vous, alertés par des cris, se rameutent les passants. Maria se contraint au calme et au sourire :

« Le 208 ? Attendez donc, reprend la concierge, pensive. Excusez-moi, mais les ordres sont stricts et je dois tout signaler. J'ai une fiche à votre sujet. Vous n'avez pas reparu depuis les événements. Une parente vous recherche...

— J'étais en province et d'ailleurs j'y retourne pour quelque temps », dit Maria.

Et fouillant dans son sac, elle joue la confiance :

« Pour les relevés de compteurs puis-je vous laisser mes clefs ? Je suis à San Vicente chez mon oncle, le capitaine Pacheco ; je m'occupe de mes neveux dont la mère est malade. »

Les clefs d'un logement où elle ne remettra plus les pieds — et où sans doute les huissiers ne retrouveront plus leur compte —, un petit billet, le nom d'un oncle fantôme mais militaire, c'est plus qu'il n'en faut. On va peut-être téléphoner derrière son dos à qui de droit. Trop tard. Un taxi jaune l'emporte, la dépose devant sa banque. A l'exception d'une petite somme qu'elle touche, les comptes sont bloqués. Précaution superflue, son avoir étant mince ! Elle reprend un taxi, bleu celui-là et dont le chauffeur, comme le précédent, note soigneusement sur un carnet spécial l'adresse de prise en charge et l'adresse de destination. Olivier l'a prévenue :

« Donnez toujours une adresse précise, attendez que la voiture s'en aille et terminez à pied. »

Dans la rue de son enfance, enfin, tenant sa valise d'une main, elle se mouche de l'autre pour masquer son visage. L'heure est propice, les boutiques fermées, les gens à table dans la vieille maison à trois étages dont son père, syndic des copropriétaires, a toujours occupé le rez-de-chaussée, hanté par les cancres assez riches pour s'offrir des répétitions.

Elle n'a pas été vue, elle n'a pas été reconnue. Elle est dans la place, tout de suite bouleversée, déchirée. Depuis que la famille est partie *avec elle* pour l'église, nul n'est entré dans cet appar-

158

tement où la fête a pourri sur place. Le vestibule est plein de gerbes noirâtres, de corbeilles desséchées, d'hortensias à trois ou quatre têtes ratatinées, parcheminées, entre lesquelles brillent encore des nœuds de satin blanc. Une odeur de sous-bois en décomposition s'exhale de cette flore nuptiale.

Maria étouffe, avance pas à pas. Dans la salle à manger où tout est recouvert d'une fine pellicule grise, les cadeaux de la liste de mariage, qui n'ont pas été déballés, s'amoncellent sur la table. Le grand ficus, dont Mme Pacheco était si fière, a perdu toutes ses feuilles qui dispersent une sorte d'automne sur le parquet. Horriblement gonflés, deux poissons rouges flottent le ventre en l'air, dans un bocal; et près de la fenêtre, morts de faim et de soif, dans leur cage, six bengalis gisent dans leur crotte griffant l'air de leurs serres minuscules.

Dans la cuisine, c'est pire. Le banquet de midi devait avoir lieu au restaurant Silvio, mais pour le repas du soir, en comité restreint, tout était préparé. Un jambon grouille de vers, suggérant d'une façon insoutenable ce qu'il est advenu également des convives. Deux tartes moisies ne sont plus que des lunes blanches, et d'une langouste sciée en deux, parée sur un plat long où l'entourent de petits vol-au-vent sanieux, des œufs vert-de-grisés encore taillés en étoile, se dégage une telle puanteur que Maria se réfugie dans le bureau de son père.

Jadis c'était le saint des saints où Mme Pacheco elle-même s'aventurait peu, où les enfants ne pénétraient que pour présenter

159

leur carnet de notes ou comparaître après quelque sottise par-devant le père-professeur, majestueusement bonasse, vite ennuyé par ces vétilles, mais aidé par une voix grave, une barbe omnipotente, une foule d'encriers, de devoirs à corriger, de plumes, de tampons, de paperasses reposant sur une masse de chêne tangente à ce ventre rond dont le gilet était toujours un peu déboutonné.

Maria boitille. Tout dépend de ce qu'elle peut trouver dans le coffre dissimulé sous le portrait de sa grand-mère. Elle est la seule, la légitime héritière. Mais comment oublierait-elle qu'elle l'est parce qu'aucun des siens n'est revenu de la noce ? La combinaison, de six lettres, elle croit la connaître pour avoir entendu par hasard Mme Pacheco souffler dans l'oreille de son mari : « C'est toujours CARMEN ? » et l'avoir vue cinq minutes plus tard revenir du bureau avec un bracelet et un collier. La combinaison a pu changer et dans ce cas tout est perdu.

Certes, Maria est presque riche : l'appartement, à lui seul, vaut dix fois ce qu'on lui demande. Mais dans un délai de huit jours, et compte tenu des complications légales que soulèveraient l'établissement préalable d'actes de décès, les vérifications, les chicanes notariées, voire les tracasseries policières, comment pourrait-elle le vendre ? Oui, tout dépend de ce coffre, dont le contenu est bien à elle et auquel, pourtant, elle ne devrait toucher qu'après inventaire, envoi en possession, paiement des droits de succession. Bel exemple de cas de

160

force majeure bousculant le cas de conscience ! Bel exemple de délit nécessaire ! Maria retire le portrait de sa grand-mère. La plaque d'acier bleuâtre, hérissée de six boutons, apparaît, et avec elle le vrai problème : où est la clef ?

*

Elle fouille. Dans les quatre tiroirs du bureau parmi un mélange de papier à lettres, de papier pelure, de carnets, de cahiers, de rouleaux de scotch, de grattoirs, de ciseaux, de loupes, de gommes, de crayons feutres, de cartouches Waterman, de craies, de fusibles, de boîtes de punaises, d'agrafes, de trombones, de tubes de colle, il y a bien une douzaine de clefs non étiquetées, ouvrant Dieu sait quoi ou n'ayant plus rien à ouvrir : en tout cas pas la bonne qui est nickelée et sur un anneau de cuivre, genre boucle d'oreille de gitane, associée à ce pointeau qui s'enfonce dans un trou prévu au revers de la porte du coffre pour changer la combinaison.

Voyons le classeur. Maria, qui devient fébrile, triture des dossiers, des paquets de lettres, des dizaines de numéros de *Enseñanza,* la revue professionnelle. En vain.

Maria retourne la carpette coin par coin. Elle retourne tous les cadres. Elle soulève tous les objets creux. Elle observe avec accablement les quelque deux mille livres surchargeant les rayonnages plaqués contre les murs : si la clef est cachée à l'intérieur de l'un d'eux, elle en a pour des heures à les examiner un par un.

Elle s'y résigne et va chercher l'escabeau qui lui a si souvent servi à faire les carreaux, tandis que Mme Pacheco et Carmen regardaient la télé. La tranche des livres est pleine de poussière et à son abondance on doit pouvoir estimer depuis combien de temps certains n'ont pas été lus. Maria éternue toutes les cinq minutes. Certains ouvrages présentent une fente excitante, mais il n'en tombe qu'un signet de carton, une coupure de journal, une note critique oubliée. La petite et la grande aiguille du cartel électrique — qui depuis vingt et un jours, impassibles, emploient les mêmes petites saccades pour pousser des secondes vers une nouvelle époque — vont se retrouver ensemble sur le VI quand Maria, bredouille, remettra en place le dernier livre : un dictionnaire latin.

La clef n'est pas dans le bureau. Reste la chambre des parents. Maria s'acharne et, cette fois, après avoir examiné le sommier, le matelas, le traversin, les oreillers, réinvente sans le savoir la patiente technique du cambrioleur. Au fur et à mesure, elle jette sur le lit le contenu de l'armoire, puis de la commode, puis du chiffonnier. Elle récupère au passage quelques billets, glissés entre des draps, mais non pas ce qu'elle cherche.

La situation devient grave. Maria attaque la cuisine où malgré la pestilence elle fouille, elle fouille, vidant sur le carreau, une par une, toutes les boîtes rangées dans le buffet. Elle piétine dans un affreux mélange de farine, de tapioca, de sel, de condiments, de pâtes, de riz, de haricots. Rien, toujours rien. Désespérée, elle erre encore çà et là; elle inspecte les appliques, les lustres, les caches les plus saugrenues; elle va jusqu'à grimper sur la lunette des WC pour glisser la main sous le couvercle de la chasse d'eau. Rien, toujours rien. Elle n'en peut plus. Elle titube. Elle finit par s'écrouler devant le lit de fer qu'elle occupait encore voilà dix-huit mois dans la chambre du fond : une espèce de cellule où des photos de stars et de champions voisinent avec un vieux chromo où un Christ aux cheveux longs montre du doigt son gros cœur irradié. Ses lèvres bougent. C'est fini. C'est foutu. Manuel est condamné. Le père avait sa clef sur lui.

Mais non! C'est absurde. A supposer qu'on garde sa clef dans son gilet, quand on s'habille pour conduire sa fille à l'autel, qu'en fait-on? On a bien autre chose en tête. On la laisse où elle est. *On la laisse où elle est.* Maria bondit sur ses pieds, fait derechef irruption dans la chambre. Au dos d'une chaise il y a, négligemment jeté par un homme en train de se mettre sur son trente et un, ce costume râpé, négligé, quotidien. Les mains de Maria, tremblantes, palpent le pantalon, palpent le gilet, en pure perte. Mais soudain elle pousse une sourde exclamation. En dessous de la poche-portefeuille du veston, il y a une pochette soigneusement obturée par une fermeture Éclair et à travers l'étoffe Maria sent du métal, reconnaît l'anneau, la clef, le pointeau.

*

163

Retour au bureau. Elle a dû allumer, car la nuit tombe. Elle éteindra très vite, par prudence. Elle dormira sur place. Si vraiment comme l'assure sa concierge une parente la recherche — une parente qui a peut-être des moustaches —, si la même concierge a téléphoné, si ce que Maria a raconté a été reconnu faux, si la police possède aussi l'adresse de ses parents, il ne serait pas sain de s'attarder. Mais elle a bien vingt-quatre heures devant elle. C'est suffisant. Elle rentrera demain matin, après la levée du couvre-feu.

Elle est restée un instant rigide, devant la plaque d'acier. Si la combinaison n'a pas été changée, petite sœur que tout soit effacé ! C-A-R--M-E-N, c'est en petits déclics 3-1-18-13-5-14. La clef s'enfonce, la clef tourne, le coffre s'ouvre. Le coffre est béant et dedans, à côté des bijoux de Mme Pacheco, il y a ce petit paquet dont on pouvait espérer la présence.

« Merci ! » souffle Maria, à Qui la peut entendre.

XVII

Seul depuis la veille au soir, sans aucune possibilité de sortir du réduit, Manuel pourrait se croire revenu à l'âge de treize ans lorsqu'à l'orphelinat il écopa de trois jours de cellule de discipline pour avoir rendu une rédaction dont le pieux sujet, traité chaque année — *Exprimez les sentiments que vous inspire l'œuvre de charité dont vous êtes ici le pupille* —, n'avait mérité à ses yeux que deux pages blanches barrées d'une courte phrase : *Et si c'était mon droit ?* La différence entre l'enfant et lui, il est vrai — et cette différence le ronge —, c'est que, sous ce toit, sa reconnaissance est bien due; qu'il est et qu'il n'est pas dans son droit; que sa résolution a quelque chose d'abusif pour ses hôtes.

En bas s'affaire Selma restée chez elle, ce jeudi, pour garder Vic et pour ouvrir la porte à Maria. Bien qu'elle ait encore quelques jours devant elle, le va-et-vient de ses talons-aiguilles, accompagné de courtes galopades, ne laisse aucun doute sur ce qu'elle fait : allant d'une pièce à l'autre, elle collecte de quoi remplir une première malle, avec l'aide excitée de son gamin qui vient de dire de sa petite voix pointue, en passant sous la trappe :

« C'est tout de même drôle ! Elle est restée juste un soir, Maria, et tu la laisses déjà prendre un congé.

— Elle est allée chercher ses affaires, a répondu Selma.

— De toute façon pour une semaine tu crois que c'était la peine ? »

Manuel accuse le coup ; c'est en effet une course contre la montre et Maria n'est toujours pas là. Une main sur le ventre, palpant l'endroit sensible, il rumine. Mieux vaut en somme qu'il croupisse dans son trou. La veille, jusqu'à minuit, en face des Legarneau, aussi inquiets que lui et s'efforçant pourtant de trouver des motifs au non-retour de Maria, quelle tête de pénitent, encagoulé d'angoisse, il a pu leur offrir ! Le moindre regard lui semblait chargé à balle ; et il l'en remerciait, saisi d'une horreur de lui-même, l'une de ces envies de quitter sa peau qui mènent tout droit au saut dans la rivière et à quoi il n'aurait jamais cru, lui, si bardé de convictions, qu'il pût se laisser aller.

Il était même si bas en allant se coucher que la réaction n'a pas tardé. La colère a suivi, fruste, allumée soudain par un détail. Une bagarre de moineaux, se disputant l'abri sous les solives, lui a rappelé que ces innocents — envahisseurs des cinq parties du monde — étaient venus d'Europe avec les colons. Avec les colons, moins pacifiques et qui ont fait régner le fer, le feu, le fouet sur cette terre, quatre cents ans plus tard livrée aux mêmes fureurs. Lucre, morgue, violence, en vérité le bel héritage ! Quelle naïveté que de vouloir convertir en douceur ce pays, d'avoir cru qu'en bêlant fraternité les moutons se rameuteraient sans alerter les loups ! Qui veut la fin veut les moyens. Si c'était à refaire, ce bavard de Manuel Alcovar, on lui fournirait d'autres armes, on lui apprendrait à se battre avec autre chose en main qu'un micro...

Dérivatif, au fond. Une partie de la nuit, sautant à l'œilleton au moindre bruit, imaginant le pire — car enfin Maria n'était pas assez folle pour braver le couvre-feu —, il s'est battu contre lui-même, il a essayé de se raisonner, estimant tantôt méritoire et tantôt offensant pour l'absente de retrouver son sang-froid. Au-dessous de lui dans la chambre d'où montait entre de longs silences une phrase étouffée, on ne dormait pas davantage. C'est seulement vers trois heures que Manuel n'a plus rien entendu. Une patrouille de routine venait de passer, en jeep, composée de quatre militaires pelotant une fille ivre qui riait aux éclats. Dans un ciel net, juste au ras de la masse noire d'un arbre, *Ennis* brillait faiblement au-dessous de Canopus. Lâche — ou sage —, Manuel a coup sur coup pris deux de ces comprimés de somnifère qu'une raie centrale permet de casser en deux et, les croquant au lieu de les avaler, a gardé dans la bouche cette bouillie âcre dont la salive n'arrivait plus à nettoyer ses dents.

Contre le sommeil, contre le réveil, sans rien savoir d'une phase intermédiaire, il lui semble s'être maintenu dans un état crépusculaire, un demi-rêve, où, de ville en ville — dans l'ordre exact et répétant le même discours, avec les variantes locales —, il a revécu la dernière campagne électorale au côté d'un silencieux chauffeur qui — seule anomalie — avait pris le visage de Maria. C'est en se demandant pourquoi elle comptait les bornes kilométriques en suédois, *en, tva, tre, fyra,* sur deux tons, l'un grave, l'autre aigu, qu'il s'est aperçu que les trois Legarneau faisaient leur gymnastique.

Pas de petit déjeuner. Pas de déjeuner, sans doute. Quand chaque tintement de quart d'heure au clocher voisin aggrave un affolant retard, ça ne devrait pas compter et pourtant, malgré ce qui lui renoue la gorge, les bruits de vaisselle ne lui permettent pas vraiment de mépriser sa faim. Il s'en veut. Aux moments pathétiques, comment un homme peut-il rester esclave de ses besoins ? D'ailleurs, quand il s'agit d'une fille comme Maria, comment peut-il rester aussi l'esclave de ses doutes ? C'est idiot, mais à force de fatiguer la supposition : *Et si elle ne pouvait pas revenir ?*... un verbe change, on finit par formuler l'alternative : *Et si elle ne voulait pas revenir ?* Après tout, abstraction faite des sentiments, ce ne serait pas déraisonnable. Compte tenu de ce que perd Maria, de ce qu'elle risque, le cousin que lui destinait sa famille serait bien plus avantageux. Sauf sous ce toit, quiconque jugerait froidement la situation ne pourrait la résumer que d'une façon : si Maria est ta chance, toi, tu n'es pas la sienne.

*

Tu n'es pas la sienne, non, mais presque aussitôt il se vérifie qu'elle est bien la tienne. Six
petits coups de sonnette. C'est un code, récemment établi. Pour distinguer les gens de la maison des visiteurs — qui appuient plus ou moins
longuement sur le bouton —, quatre coups serrés, c'est réservé à Olivier; cinq, à Selma; six, à
Maria. Manuel s'est rué à l'œilleton : c'est bien
Maria, tenant une valise à la main. Elle traverse le jardinet, accueillie par Vic qui gam-
bade autour de sa jupe; elle disparaît dans la
maison.

Mais les choses se précipitent. La voix de
Selma, qui doit hausser le ton à dessein,
annonce la couleur :

« Non, ne m'expliquez rien. Le temps presse.
Je file à l'ambassade avec le nécessaire. J'emmène Vic. »

Pour édifier le gamin elle ne manque pas
d'ajouter :

« D'ici ce soir, s'il vous plaît, faites-moi la
salle à fond. »

Elle ne mettra pas une minute pour se préparer, passer la grille et s'éloigner dans la voiture
qui attendait le long du trottoir. Manuel est
descendu aussitôt. Manuel tient déjà dans ses
bras une Maria très lasse, aux traits tirés et qui
croit encore nécessaire de s'excuser :

«Tu as dû te faire un sang d'encre. Je n'ai
trouvé la clef que très tard... »

Si Maria est là, c'est qu'elle a réussi. Comment ? C'est du détail. Sa présence seule importe, sa présence se fête. Manuel l'écoute à peine. Il la serre, il l'embrasse, il s'enflamme, il l'enlève comme au premier soir, il va la déposer sur son lit, il lui fait l'amour, il recommence et, tout haletant, se décide enfin à la laisser parler :

« C'est une chance que mon père ait eu le goût du geste, dit-elle. La petite dot de Carmen, il aurait pu tout aussi bien la lui remettre en un chèque. Il a préféré faire un petit paquet de bons du Trésor, d'obligations au porteur, qu'il comptait jeter sur la table, le soir, après le dessert; et ça, je le savais. Mais à vingt-quatre heures près, je n'aurais plus rien trouvé. Figure-toi qu'en sortant, ce matin, de l'appartement je suis tombée nez à nez... Avec qui, je te le demande ? Devine un peu ! Avec Lila ! »

*

Lila, c'est un nom qui ne dit rien à Manuel. Maria, qui n'en revient pas de cette dernière embûche, se relève frémissante et, pour une fois, presque méprisante. Lila, c'est une cousine, une petite-fille de sa grand-tante Teresa et de son grand-oncle Ismael l'armurier, l'homme le plus riche de la famille. Lila a vingt-cinq ans, elle est divorcée, elle vit — dit-on — avec un capitaine au long cours : c'est elle qui, terrorisée, est sortie de l'église parce qu'elle avait mouillé sa culotte. Elle se trouve ainsi être la seule survivante, ses parents, restés sur place, n'ayant pas échappé au massacre.

170

Quand Maria est sortie — vers neuf heures, parce qu'à la réflexion elle avait préféré attendre que les gens de l'immeuble fussent partis au travail —, elle l'a trouvée, vêtue de noir et discutant avec Mme Gallo, très vieille voisine assurant d'ordinaire la chronique du quartier. Impossible de les éviter. Maria s'est dirigée, souriante, vers les deux femmes qui la regardaient avec des yeux exorbités, qui sont d'abord restées béantes comme devant un fantôme, puis ont crié ensemble :

« Maria ! Tu n'es pas morte ? »

Mais quelle différence dans le ton, et plus encore, dans l'expression des visages ! Celui de l'octogénaire à langue trop longue, mais qui si souvent avait accueilli, consolé la petite fille, puis l'adolescente houspillée par Mme Pacheco, remerciait le ciel pour le miracle et rayonnait de compassion. Celui de Lila, décemment chagrinée, s'efforçait en vain de cacher une soupçonneuse déception.

« Mais où étais-tu ? disait la vieille dame. Sais-tu que demain les autorités devaient faire ouvrir l'appartement. J'en parlais justement avec ta cousine qui me demandait d'en être témoin... C'est incroyable ! Je sais bien, c'est affreux à dire, qu'il y a eu des centaines de victimes, qu'on les a ramassées en hâte sans les identifier, qu'on ne sait même pas où elles sont enterrées... »

La cousine s'était mise à pleurer. Qu'elle pleurât sincèrement ses parents, nul doute. Mais elle ne cessait d'observer Maria, d'un œil aigu, à travers ses larmes. *Une parente vous*

171

recherche avait dit la concierge. C'était vrai et il n'était pas difficile de comprendre pourquoi. Seule survivante, seule héritière ! La radio avait fait mention de « *cette horrible méprise, exemple d'imprudence fatale, avertissement pour tous ceux qui négligent les consignes* », mais elle n'y avait pas mêlé le nom de Manuel, par ailleurs farouchement recherché. Lila, elle-même, très marginale, ne devait pas avoir entendu parler de lui, pas plus que Mme Gallo, tenue à l'écart de toute confidence. Par précaution il fallait se résigner à mentir :

« Je sors de l'hôpital, a dit Maria. Je ne crois pas qu'il y ait eu d'autres blessés. »

Paupières mouillées, voix funèbre : elle n'avait pas, hélas ! à se forcer. Pour éviter de nouvelles questions et, surtout, un lamento auquel pouvaient s'agréger quelques ménagères descendant faire leurs courses, elle a pris soin d'embrasser les deux femmes et s'est dégagée en murmurant :

« Excusez-moi, je reviendrai demain. Aujourd'hui j'ai de tristes démarches à faire... »

*

Les mêmes que Lila, ont dû penser ces dames, et c'est ce qu'il faut. Des biens qu'elle abandonne, Maria n'est pas assez détachée pour admettre la rapacité de sa cousine. Elle n'est pas fâchée de laisser derrière elle un maquis d'inextricable légalité. Mme Gallo témoignera de sa survie. L'appartement continuera à pourrir durant des mois. On finira par trouver louche l'attitude d'une fille disparue, réapparue, puis définitivement escamotée. La chicane s'emparera de l'affaire, interminablement plaidée.

Maria s'excite là-dessus et Manuel lui découvre un travers, un reste de hargne possessive qui le surprend, mais dans un sens le rassure. N'a-t-elle pas cependant tout sacrifié pour lui ?

« Après les tueurs, les charognards : c'est dans l'ordre, dit-il négligemment. Il doit y avoir dans le pays, ces temps-ci, des milliers de coquins à l'affût d'aubaines abominables. Je t'en prie, parlons d'autre chose. »

Il sourit. Elle sourit. C'est la même Maria qui l'a rattrapé par la manche, l'autre soir, qui l'a ramené, qui a fermé la grille et mis la clef dans sa poche en disant : *Tu te préfères mort pourvu que je sois vivante. C'est généreux, Manuel, mais ce n'est pas le genre de générosité que je te demande. Moi, franchement, je ne mourrais pas volontiers si, à cette condition, tu devais me survivre. Deux moins un, en amour, c'est égal à zéro.* Or c'est la même Maria qui, le lendemain, s'est exposée pour lui. Manuel saute sur ses pieds et claironne :

« Ce n'est pas tout ça, mais je n'ai rien mangé depuis hier soir. Je casserais bien la croûte. »

Il fait la grimace, s'immobilise un instant et porte la main à son ventre.

« Qu'as-tu ? dit Maria.

— Rien, dit Manuel. C'est mon point de colite. Quand je m'inquiète, il prospère. »

Maria fronce un peu les sourcils, mais sans

plus. Ce n'est pas le moment de faire les douillets, de se tracasser pour de petits maux, d'agacer la Providence. Avec bien moins de raisons d'en être les victimes, leurs parents, leurs amis, Attilio, Fidelia et tant d'autres ont succombé dans la tourmente. Pas eux. Voilà trois semaines, Maria n'aurait pas donné cher de leurs chances et pourtant ils ont échappé à tout. Dans trois ou quatre jours, ils auront passé la frontière. Dans huit, ils seront au Mexique. Ils y souffriront toute la vie de leurs souvenirs. Mais ils s'y installeront, ils y travailleront, ils s'y marieront, ils y auront une fille et un garçon...

Manuel a pris Maria par la main pour la mener à la cuisine. Elle s'assied à côté de lui. Elle coupe du pain, deux tranches de viande froide, avec une joie grave, retenue. Ses yeux brillent, voilés de cils qui battent. N'est-ce pas Manuel lui-même qui disait, voilà peu : *On ne se taille pas du paradis dans l'enfer.*

XVIII

QUAND Olivier était entré, M. Mercier buvait son chocolat — un chocolat « à sept bouillons » mitonné par lui-même sur un réchaud électrique — et, claquant de la langue, honorait d'une autre tasse un ami australien, plus ou moins journaliste, peut-être même observateur discrètement délégué par la « Maison de verre », mais cachant l'un ou l'autre état sous un titre d'expert UPU chargé par la *Weltpoststrasse* de Berne de résoudre certains problèmes de coordination. Analysant — entre deux gorgées — les raisons de la fièvre homicide flagrante en ce pays, mais commune à bien d'autres, le patron et son ami se renvoyaient la balle :

« Terrifier pour paralyser, c'est clair ! disait l'Australien.

— Annuler le problème en annulant celui qui l'a posé, disait M. Mercier.

— Sataniser les séides, reprenait l'Australien, les transformer en bourreaux pour leur rendre impossible tout retour en arrière. Mais je me demande si...

— Vous vous demandez comme moi si la fréquence de tels massacres dans le monde ne signifie pas autre chose, s'il ne s'agit pas de suicides partiels... Hein, c'est ça? Le vainqueur croit dévouer le vaincu aux dieux infernaux; il ignore que Malthus peut inspirer Moloch. »

Jetant un froid, Olivier s'était permis d'intervenir :

« Si elle se vérifie, cette charmante hypothèse nous promet de beaux jours. »

L'Australien s'en était allé presque aussitôt, laissant le patron jeter la question rituelle :

« Que me voulez-vous, Olivier? »

Il l'ignorait si peu que, s'enfonçant un doigt dans chaque oreille, il enchaîna :

« A propos du sénateur, n'est-ce pas, je ne sais rien, je ne veux rien savoir... Où en êtes-vous? »

Et il se pencha pour mieux écouter Olivier, en assaisonnant son petit rapport de *Bon! Bon!* satisfaits. Il y avait de quoi. En vingt-quatre heures Selma, moins voyante, plus libre de ses mouvements, et un de ses amis — dont le nom ne serait pas prononcé — avaient réglé l'affaire. Immédiatement négociables, les bons de feu le professeur Pacheco assuraient à Maria non seulement la somme demandée, mais un viatique suffisant pour gagner le Mexique et y souffler quelque temps. Selma garderait les bijoux et les lui ferait parvenir une fois rentrée en France. La filière semblait sérieuse, deux de ses clients ayant enfin donné de leurs nouvelles. « L'ami » demeurait fort discret au sujet des passeurs, ingénieux contrebandiers reconvertis dans le proscrit, mais il laissait entendre que tout leur était bon : depuis le camion-citerne truqué jusqu'à la double cale où l'homme remplaçait avantageusement le fret de cargaisons marronnes. Restait une difficulté : le transport du sénateur jusqu'au lieu de rendez-vous, distant de deux kilomètres.

« Maquillez-le un peu, suggéra M. Mercier. Rasez-lui la moustache, peignez-le en arrière, trouvez-lui des lunettes à verres neutres, enfournez-le dans un bleu de chauffe bien sale.

— C'était mon intention, fit Olivier. En ce qui concerne la... jonction, ma foi ! je conduirai moi-même le sénateur. Je vais d'ailleurs de ce pas discrètement reconnaître les lieux. »

Un dernier *Bon !* salua ce dévouement. Goguenard, M. Mercier soulevait son lourd séant, reconduisait le conseiller jusqu'à la porte :

« Vous méritez la note que j'annexe à votre dossier. Vous avez un emploi tout désigné dans la Carrière : celui de bouc émissaire. Mais n'en abusez pas : il y a de grands méchants qui, au lieu de le chasser, trucident parfois le bouc. »

*

Quand on rôde à deux, c'est mieux, ça peut passer pour une balade d'amoureux. Olivier était allé débaucher Selma et encore une fois ils avaient dû, en quittant l'ambassade, présenter leurs passeports au piquet de garde, puis attendre qu'un homme de Prelato — Ramon, en l'occurrence — eût fouillé le coffre de leur voiture et, après examen, rejeté pêle-mêle bidons d'huile, pièces du cric, outils de la trousse sonnant gaiement ferraille contre la tôle. Que dire ? Dans la rue Olivier n'était plus qu'un étranger en sursis d'expulsion et soucieux de ne pas se faire reconduire avant le terme fixé :

« Ça fera du six au jus ! jeta Ramon, comme il démarrait.

— Ça fait du deux pour le sénateur ! » grogna Olivier, quand il fut à cent mètres.

Il enrageait avec délices : furieux de la brimade, ravi de jouer un bon tour à la flicaille du coin. Craignant d'être suivi, il fonçait, tournait, revenait en arrière, repartait en sens inverse. Il s'amusait sûrement davantage que Selma, sensible au coup de volant. Un quart d'heure de zigzags lui permettant enfin d'atteindre l'*Avenida Leonardo*, il ralentit devant le temple baptiste et, pour mieux assurer le repérage, se mit même à rouler si doucement qu'il se fit klaxonner par quelques impatients :

« Range-toi devant le 88, dit Selma. C'est là que nous laisserons Manuel dimanche matin à onze heures. Il y a toujours moins de contrôles ce jour-là. La place est à cinquante mètres, de l'autre côté de la galerie marchande, si j'en crois le plan. »

Les lieux de rendez-vous devaient changer sans cesse, mais celui-ci était remarquable. Continuant à pied, bras dessus, bras dessous, Olivier et Selma enfilèrent la galerie pour déboucher sur la place. Il était facile de comprendre l'intérêt de son marché couvert dégorgeant de trois côtés d'incontrôlables chalands et des camionnettes de légumes essaimant par cinq rues différentes. Manuel y serait noyé dans le populo : juste le temps de faire vingt pas et d'atteindre la porte B en tenant sous son bras un pain coupé en deux dans le sens de la longueur. Le petit commerce ne prêtait attention qu'à la pratique, à ses balances, aux mains traînant sur l'éventaire. Les putains abondaient, accueillantes aux carabiniers, amollis par ailleurs de libations offertes sur les comptoirs voisins par de bons margoulins soucieux d'aveugler quelque fraude. Olivier en compta trois, qui tous levaient le coude.

« A la porte B, souffla Selma, ils trouveront un homme en blouse grise, lui aussi porteur d'un demi-pain. Ils le suivront et, dans l'escalier qui descend au Frigorifique, l'homme leur fera enfiler deux blouses semblables à la sienne... »

Le reste, c'était le secret des passeurs. Olivier et Selma revinrent sur leurs pas, achetèrent pour Vic un très classique avion aux ailes de cellophane et à hélice mue par torsion d'élastique. Puis, reprenant leur voiture, ils s'en furent, comme chaque soir, chercher l'enfant à son collège et rentrèrent chez eux.

*

A peine le portillon eut-il tinté que Maria les rejoignit, si étrangement fébrile que, la croyant tracassée par le résultat de ses démarches, Selma, en dépit de la présence de son fils, crut devoir la rassurer :

« Tout va bien, ce sera pour dimanche matin. »

Mais cette bonne nouvelle parut affoler davantage une Maria décomposée dont le regard, passant de Vic à son père, laissait clairement entendre qu'elle ne pouvait s'exprimer devant le petit :

« Tu devrais essayer ton avion dans le jardin », dit Selma pour l'éloigner.

Tous les enfants ont des antennes et Vic, sentant qu'il y avait du drame dans l'air, s'agrippait à la jupe de sa mère. Lorsqu'il consentit de mauvaise grâce à lancer son engin, ce fut pour le voir piquer droit dans la haie. La diversion permit tout de même à Maria de hoqueter :

« C'est trop !... C'est trop injuste ! Nous ne pourrons pas partir. Manuel a quarante de fièvre et il ne cesse de vomir...

— Non ! » fit Selma.

Ils avancèrent de quelques pas et se retrouvèrent un peu plus loin, consternés, bloqués sur place. Un soleil fatigué allongeait leurs trois silhouettes, disposées en équerre, en partie sur le gazon, en partie sur le mur de façade. Vic récupérait son avion, fondait en larmes, appelant sa mère parce que la cellophane d'une aile s'était déchirée. Couché sur le rebord d'une fenêtre de la villa voisine, un persan bleu faisait le sphinx, lorgnant la scène d'un œil d'or indifférent.

« Oui, reprit enfin Maria d'une voix mordante, c'est comme ça ! »

Son visage s'était durci. Le destin ne l'épargnant pas, elle n'épargnerait personne, à commencer par elle-même. Elle se jeta sur la vérité :

« Une douleur en coup de poignard, à droite,

entre l'aine et l'ombilic, vous savez ce que ça veut dire? Je voudrais bien me tromper, mais j'ai vu se tordre au bidonville quelques malades dans le même cas. Le point de côté dont il souffrait, ces temps-ci, ce devait être une appendicite qui vient d'entrer dans une phase aiguë. Et si c'est ça, l'alternative est claire. S'il n'est pas opéré il est perdu; et s'il entre en clinique, il n'en ressortira que pour être fusillé. »

XIX

La pièce qui cerne ce lit n'a vraiment plus de dimensions dans la pénombre où tantôt elle se rétrécit à la longueur de petits gestes de soignante et tantôt s'ouvre, s'étend aux profondeurs de la nuit quand Manuel soulève un instant les paupières, pour un bref regard qui ne regarde rien, qui semble venir d'ailleurs et pénétrer en lui.

A-t-il compris? Le rendez-vous du passeur, Maria ne lui en a pas parlé; il ne sait pas que c'est pour dimanche; il peut croire qu'il lui reste six jours pour guérir. Il n'a eu qu'un moment de révolte au bout d'une nuit atroce où il a eu le courage de ne pas se trahir, de ne pas desserrer les dents. Essayant de descendre il s'est mis à jurer comme un charretier et c'est en l'entendant que Maria s'est précipitée. Il avait boulé dans l'escalier. Elle l'a trouvé au bas des marches, crispé, brûlant, se tenant le ventre, cherchant en vain à faire bonne figure en insultant son mal :

« Saleté de carcasse! C'est elle maintenant qui me trahit. »

Mais il s'est tu très vite et n'a rouvert la bouche que pour s'excuser, au-dessus de la cuvette, de donner un si vilain spectacle. Évidemment Maria lui a laissé son lit. Il n'était pas question de le remonter là-haut, de le réinstaller sur le matelas pneumatique qu'elle a au contraire descendu pour son propre usage. S'il faut l'utiliser, à bout de fatigue, le moindre gémissement la remettra sur ses pieds.

Manuel du reste ne gémit pas. Un homme peut se montrer douillet quand on lui retire une écharde et se raidir devant la vraie souffrance s'il s'aperçoit qu'elle fait écho, qu'elle devient intolérable à ses proches. Maria se souvient trop bien de la fin de son grand-père qui durant des années agaça tout le monde en pleurnichant sur ses rhumatismes et dans les derniers mois de sa vie se laissa ronger sans une plainte par un cancer de la gorge, rendant silence pour silence à ceux qui ne pouvaient plus que le panser de sourires.

Maria a longtemps hésité. Si elle était dans cet état, elle entendrait l'assumer. Un combattant comme Manuel (ou alors elle s'est fait beaucoup d'illusions à son sujet) ne doit avoir aucune estime pour l'aveuglement des grands malades si souvent entretenu par la lâcheté de leur entourage. Mais il a peut-être décidé de se taire, pour dissimuler la tension, pour ménager une Maria désarmée, incapable de prévenir quiconque, obligée d'attendre toute la journée — six cents minutes — l'arrivée des Legarneau. Et s'il avait raison ? La seule remarque qu'il se soit accordée — *Eh bien, chérie ! Comme crise de foie, elle est carabinée* —, ce n'était pas un ballon d'essai. A supposer que ce fût un propos fait pour donner le change, il l'a lâché d'un ton assez naturel pour ébranler une autre conviction. Après tout seul un médecin peut trancher la question.

Maria se recroqueville. Elle n'a pas le droit de s'en conter, de croire au miracle — ni d'ailleurs à la fatalité. Sa grâce à elle, c'est de pouvoir maîtriser, mépriser l'émotion qui lui pique les yeux devant ce grand corps qui lui faisait, voilà peu, violemment l'amour et dont le ventre est devenu si fragile qu'il ne supporte même plus le poids des couvertures. Pour faire face, elle ne peut se permettre que des sentiments forts, qu'il faut eux-mêmes contenir. Ils sont ce qu'ils sont, ils l'aident. Qui la blâmerait de cette fureur possessive de paysan qu'on arrache à son champ, d'assiégé dont on force la ville ? La haine l'accompagne, bizarrement aiguillée par le souvenir d'une récente émission écologique réclamant des mesures de protection en faveur des vigognes. Oui, en faveur des vigognes, et c'était, ô dérision !, un colonel qui demandait grâce pour elles : un pourchasseur de militants, espèce humaine sans intérêt pour lui bien qu'en voie d'extinction dans ce pays.

Mais voici que Manuel se contracte et recommence à rendre. Ces vomissements verts, suivis de longs hoquets, ce sont d'autres symptômes. Mais ce sont aussi pour Manuel, dont s'altèrent les traits, des humiliations répétées. Maria lui essuie la bouche, va vider la cuvette, revient sur des chaussons muets. Ne sait-il donc pas qu'une

Marthe s'honore de soins rebutants? Ne sait-il donc pas qu'elle est à la fois Marthe et Marie : celle qui a choisi *les deux parts*? C'est elle qui se sent coupable et qui souffle :

« Mon Dieu! Dire que je n'ai rien à te donner!

— Mon médicament, c'est toi! » murmure Manuel, exténué et dont la tête s'enfonce dans l'oreiller.

Quelque part dans la maison s'activent les talons de Selma. Olivier téléphone derrière la cloison. Vic demande où est Maria, pourquoi elle ne s'occupe pas de lui. Si proche d'eux, qui de toute façon iront bientôt loin d'elle vivre leur quotidien, elle n'a jusqu'ici petitement souhaité que d'en connaître un semblable. Mais est-ce là son lot? Et surtout est-ce celui de Manuel? Il disait quand il glosait : *cette société a perdu le pouvoir de se donner un sens*. A défaut de cette autre dont il rêvait, à défaut de Dieu qui seul excuserait celle-ci, l'amour pour lui serait-il suffisant?

C'est un cri silencieux sur une note aiguë qui vibre en elle et se prolonge dans ces régions trop hautes où l'air nous devient rare, où s'emmêlent la prière et la malédiction. Déjà elle en retombe, Maria, navrée de modestie, pour observer cette veine bleue qui bat au cou de Manuel. Il suffit! Elle est là, elle est prête. Quoi qu'il advienne, elle demeure avec lui.

XX

Imploring ses amis que — surcroît de mal-chance — a presque tous dispersés le week-end, Olivier en est déjà à sa troisième navette : c'est voyant, c'est imprudent et il n'a jusqu'ici pu ramener que de vagues calmants tirés du fond d'armoirettes laquées et dont la date d'utilisation est peut-être dépassée... Un médecin ! C'est ce que réclame sans cesse Maria, la bouche tordue, quand elle quitte un instant Manuel pour avoir derrière la porte un bref conciliabule.

Mais qui ? Où le trouver ? Refusant frénétiquement le fonctionnariat, les médecins ont été les plus farouches adversaires du gouvernement déchu; ils ont osé faire la grève des soins et, depuis le putsch, leur Conseil de l'Ordre n'a pas seulement retiré le droit d'exercer à ceux de ses membres qu'il juge « douteux »; il a livré bon nombre d'entre eux à la police. Revenue aux pratiques du Moyen Age où il était interdit de soigner les blessés ennemis et se ménageant des espions, la Junte oblige tous les praticiens — généralistes comme gynécologues

187

ou psychiatres — à fournir chaque soir la liste des malades qu'ils ont visités. S'en trouverait-il un qui prît le risque d'être discret, le pharmacien ne le serait pas; et encore moins le chirurgien, les hôpitaux — dont finalement relève le cas de Manuel — étant devenus des souricières. Maria, hélas! a vu juste, et si elle-même ne renonce pas vraiment à tout espoir, si le drame qu'elle vit depuis quatre semaines et qui a connu tant de retournements l'y autorise en partie, la situation est encore plus sévère que ses propos.

Il faudrait que Manuel fût sur pied dans vingt-quatre heures pour se rendre au marché couvert! Or, même opéré, il en aurait au moins pour quinze jours à se remettre et, dans cinq, ses hôtes devront quitter le pays après avoir remis les clefs au propriétaire soucieux de relouer la maison et qui a déjà téléphoné deux fois pour réclamer l'application du droit de visite. Enfin, trouverait-on pour Manuel un havre provisoire, le bénéfice de la filière serait de toute façon perdu, les passeurs étant trop méfiants pour se prêter à un second rendez-vous quelles que soient les raisons alléguées pour n'avoir pas honoré le premier.

Circonstance aggravante : Olivier maintenant est seul. Selma n'a pas résisté à la brutalité de ce coup du sort succédant à l'euphorie de la réussite. Elle est d'abord tombée, sanglotante, dans les bras de Maria qui répétait sourdement :

« Prenez l'avion tous les trois, vite! N'attendez pas qu'il soit trop tard et que le propriétaire découvre Manuel. Un quart d'heure après, Prelato serait là. »

Alors, tandis que Maria s'enfermait dans la chambre avec son malade pour éviter que Vic — perplexe, ne comprenant rien à ces yeux gonflés, à ces paroles effarées — ne vienne l'y surprendre, Selma s'est mise à bourrer hâtivement des valises. Elle a bien été obligée de mettre la table, de coucher son gamin, de passer encore une nuit dans la villa puisque le couvre-feu était tombé. Elle a même servi d'infirmière, rempli une vessie de glace en pillant celle du frigo et obligé Maria — sans cesse relevée — à s'allonger sur le divan de secours du bureau. Durant plusieurs heures elle a veillé Manuel qui insistait, lui aussi, pour qu'elle parte, d'une façon légèrement délirante :

« La neige de vos hivers, Selma, j'en rêve! Et vous ne vous figurez pas combien j'aimerais vous savoir vous-même au bord du lac Dalbo qui, en cette saison, doit être encore gelé... Je ne vous mets pas à la porte, remarquez, vous êtes chez vous, ce serait plutôt à moi de filer. Malheureusement, vous voyez, j'en suis très empêché. »

Quand Selma l'a embrassé vers deux heures pour aller se coucher, il a peut-être compris, mais n'en a rien laissé paraître; et Selma elle-même n'a soufflé mot de ses intentions à quiconque. Mais relevée comme d'habitude pour préparer Vic, elle ne s'est pas occupée de son cartable. Abandonnant la plupart de ses affaires, elle a chargé trois valises dans le coffre de la voiture en profitant de ce que son mari s'attardait au chevet de Manuel et jouait les optimistes, transformant de la salive en placebo, assurant que les antibiotiques désormais peuvent enrayer une crise et qu'il s'arrangerait bien pour s'en procurer. A vrai dire le silence de Selma laissait présager sa décision; la situation devenait trop éprouvante pour une femme enceinte et ne pouvait plus être dissimulée à Vic. Mais c'est seulement au bout de la rue que Selma a déclaré, très ferme :

« Vic n'ira pas à l'école aujourd'hui. Conduis-nous directement à l'ambassade. »

Olivier n'a même pas tourné la tête pour murmurer :

« Tu abandonnes ?

— Oui, a fait Selma, tu diras à nos amis que Mercier ne m'a pas laissée repartir. »

*

C'est d'ailleurs ce que le patron — resté chez lui ce samedi — a exigé spontanément, sans même que Selma ait eu à ouvrir la bouche pour lui demander asile. Tombant de haut à l'annonce de la crise du sénateur, il a commencé par éructer cinq ou six jurons empruntés au gascon et que seule la colère ou le saisissement font remonter chez lui à la surface. Il en a oublié ses habituelles précautions oratoires. Tirant des deux pouces sur ses bretelles et les relâchant d'un coup pour s'en cingler le ventre — comme s'il s'infligeait une sorte de discipline à l'endroit le plus sensible de son corps —, il s'en est d'abord pris à lui-même :

190

« C'est trop bête ! Je devrais savoir que dans de telles circonstances, si l'on veut sauver les gens, il ne faut pas s'embarrasser de leurs opinions. J'aurais dû imposer la seule solution raisonnable et, sans l'avertir, remettre le sénateur aux Américains qui se feraient un plaisir aujourd'hui de lui refaire un boyau neuf. »

Il se battait les flancs, il arpentait la pièce. Brusquement, changeant de ton, il s'est mis à engueuler le hasard :

« C'est tout de même insensé ! Je vais croire à Némésis ! Voilà un homme qui n'avait pas une chance de faire dix pas dans la ville sans être arrêté, qui pourtant a nargué recherches et perquisitions, qui s'est payé le luxe de l'exigence... Il allait être sauvé, il pourrait l'être encore. *Fatum !* Le destin se renverse et l'accable d'une façon presque ridicule. Une appendicite ! Ça ne fait pas sérieux et dans son cas c'est terriblement grave.

— C'est vrai, a dit Olivier, un petit coup de bistouri suffirait, mais le bistouri est introuvable.

— Et voilà le sénateur, a repris M. Mercier , renvoyé au XVIᵉ siècle où cette bagatelle était si redoutable qu'on l'appelait *colique de miserere.* »

Il s'est assis, à cheval sur une chaise, ses fortes cuisses rondes enserrant le dossier. Il a grommelé :

« Je cause, je cause, ça ne résout rien. Je vous avoue que j'enrage. J'avais pris cette affaire à cœur et me voilà totalement désarmé. Il faut envisager le pire... Toi, Selma, tu vas t'installer chez moi avec ton fils. Quand le guignon s'acharne, mieux vaut que les innocents ne se trouvent plus dans le secteur. Vous, Olivier, je vous connais trop, je ne peux pas vous empêcher de faire l'impossible... »

Claquement de langue inquiet. Puis retrouvant le ton de la confidence anodine, M. Mercier a laissé tomber :

« A propos savez-vous que l'équipage du *Lolland* est en ville ? Ce sont de bons Danois qui font du tourisme en attendant qu'on répare leur bateau, sérieusement avarié. J'imagine que le toubib, qui soigne leurs bobos, n'est pas resté à bord. »

*

Olivier a replongé dans la ville et n'en est revenu que vers six heures, le front barré par un souci têtu, la lèvre retroussée par ce léger rictus du joueur décavé qui en fin de partie touche un carré. Allons ! La part de chance du sénateur n'est peut-être pas si épuisée que Mercier le suppose.

La DS freine et s'insère entre deux voitures qui appartiennent sans doute à des voisins. C'est curieux : la maison semble toute aplatie, désaffectée, étrangère; elle n'est plus, comme au jeu de cligne-musette, qu'une cache dont le seul intérêt sera de pouvoir sortir sans anicroche.

Mais quel est ce colloque qui se tient sur le seuil ? Olivier reconnaît soudain le propriétaire,

M. Menandez, flanqué d'un couple anonyme; il l'entend criailler d'une voix aigre qu'ayant reçu congé il est normal, il est légal de le laisser présenter la villa à ces messieurs-dames et qu'en cas de refus il la fera ouvrir par un huissier... En travers de la porte la malheureuse Maria murmure des choses indistinctes. Encore une fois tout est remis en question. La partie devient serrée : il ne reste plus que le secours du bluff. Olivier, qui au moins a l'avantage d'arriver à temps, bombe le torse et traverse à pas comptés :

« Excusez ma bonne, dit-il. Nous ne vous attendions pas, et elle n'avait pas d'ordres. Entrez, je vous prie. »

Pas de palabres inutiles! La visite aussitôt commence. Maria s'est éclipsée. M. Menandez, l'œil aux aguets, notant la fêlure d'un carreau, la tache noire laissée sur la moquette par un mégot de Ramon, déambule en vantant l'état comme la disposition des lieux. Son nez coupe l'air en tranches. Entre deux locations il est, céans, le bailleur d'un cinq-pièces à plafonds nets, à cloisons insonores, à très bon sanitaire. D'un vif tour de poignet il ouvre et pousse des portes qui découvrent un bidet luisant, une cuvette de WC à rabattant assorti au distributeur de papier et au porte-balai de propylène corail. Il insiste sur l'abondance des placards où pendouillent cintres et pince-jupes dégarnis par Selma. Dans la cuisine il met en marche l'aspirateur de fumée, ouvre le robinet-mélangeur, fait remarquer que les éléments à loqueteaux magnétiques et tous les appareils sont à

193

lui, donc demeurent. Le couple, fait d'une dame à tailleur gris perle et d'un quadragénaire au complet taillé dans la même étoffe, donne des coups de menton un peu secs et s'intéresse longuement à la rôtissoire électrique.

« C'est une marque américaine ? » demande la dame.

M. Menandez, agacé, l'entraîne vers les chambres ; mais cette fois Olivier le précède et tourne les boutons. Le couple prend des mesures à l'aide d'un double-mètre déroulable sorti de la poche de Monsieur qui jette des chiffres à Madame, soucieuse de caser un grand lit à dosseret. Au bout du couloir, Olivier, qui traîne des pieds de plomb, joue le tout pour le tout et annonce à voix haute :

« La chambre de la bonne... Je dois vous prévenir : son mari, qui travaille comme jardinier à l'ambassade, et qui, accessoirement, entretenait le nôtre, nous fait une scarlatine... J'attends l'ambulance qui doit le transférer au Pavillon des contagieux. »

Il y a une règle d'or en de telles circonstances : le mensonge ne doit pas être testé. Regarder les gens, pour juger de leur réaction, ne peut que les inciter à douter de vous. La seule bonne recette, c'est de continuer la fable. Olivier, tournant le dos, frappe deux petits coups :

« Non, ne les dérangez pas, dit derrière lui la dame en gris.

— La pièce a d'ailleurs les mêmes dimensions que la précédente », dit le propriétaire.

Mais Olivier insiste. Il a ouvert la porte :

juste assez pour passer la tête et pour demander :

« Ça va ? »

En fait il voulait contrôler si Maria était bien assise du bon côté du lit, si elle masquait de son corps le visage du malade. Comme c'est le cas, il pousse largement le battant. Les visiteurs pourront apercevoir dans la pénombre une silhouette de femme anxieusement penchée au chevet de son époux, mais ils verront surtout cette ouverture béante donnant sur une caverne d'air vicié. Olivier peut refermer. Le couple a déjà reflué jusqu'à la porte d'entrée et c'est dans le jardin qu'il va le rattraper, précisant à l'intention du propriétaire — qu'il faut empêcher de prendre lui-même cette initiative :

« Bien entendu j'ai prévenu le service de désinfection.

— Téléphonez-moi dès que ce sera fait, jette M. Menandez. En principe, vous êtes responsable de ce contretemps et je devrais vous réclamer le terme suivant, à titre d'indemnité. »

Il n'y a plus qu'à saluer en réprimant une forte envie de rire. Elle éclatera quand Olivier sera rentré, elle secouera tout le couloir, mais elle s'éteindra vite dans la chambre de Maria devant cet homme au visage cireux, aux yeux caves, tendant une main enduite d'une sueur visqueuse. Olivier n'explique rien. A quoi bon souffler mot des marches et contremarches qu'il a dû faire pour coincer finalement dans une chambre d'hôtel un certain Gorm, plein de bière et d'intérêt pour une mignonne, mais encore assez lucide pour éprouver de la compassion à l'annonce de royaux honoraires ? A quoi bon s'étendre sur le risque ? Les grands dangers annulent les petits.

« J'ai trouvé un médecin, murmure seulement Olivier. Mais il ne pourra venir que demain matin. »

XXI

UNE lune molle, ébréchée, voilée d'une gaze noi-
râtre qui court devant elle, apparaît dans un
carreau du côté droit de la fenêtre dont un
rideau est à moitié tiré. Une bande laiteuse
coupe la pièce en deux, passe sur les pieds
d'une femme, passe sur les pieds d'un homme
et va finalement éclaircir l'eau d'une carafe
posée sur une commode.

Voyons, quelle heure est-il ? Et pourquoi cette
carafe ? Manuel referme les yeux, étonné de ne
pas entendre bruire le rio qui descend de la
Sierra de Nayarit, qui passe au ras de la maison et dont à l'instant son fils — le petit bougre, déjà capable de crawler plus vite que lui !
— est sorti ruisselant. Il replonge. La lune redevient un bon soleil mexicain, déjà rouge, mais
rayonnant en gloire sur un horizon en dents de
scie. Maria se tient sur la berge où l'enfant est
remonté; elle l'enveloppe dans une immense
serviette-éponge aux couleurs nationales; elle
crie :

« Tu n'as pas faim ? »

A son tour Manuel accoste et se hisse. Ses

pieds nus foulent un gazon très vert, étonnant sous ce climat : moins étonnant pourtant que la fraîcheur de Maria, fille inusable comme cette robe grise à parements grenat qu'elle porte depuis toujours :

« On y va ? » dit Maria.

Le fils ouvre la marche. Quel est déjà son nom ? C'est un gosse râblé, bronzé jusqu'aux orteils et dont les oreilles bien ourlées ont écouté la bonne parole sans que Maria s'y oppose. C'est celui qui, un jour, avec ou sans son père, redescendra loin vers le sud, là où l'été brûle en janvier, pour prendre sa revanche. Mais qu'y a-t-il ? L'enfant se retourne et pointe le doigt :

« La maison ! Regardez : elle s'éloigne.

— Mais non, chéri, dit Maria, c'est nous qui reculons. »

La maison que leur ami professeur leur a laissée — avec sa classe — pour se faire nommer à Chihuahua, cette ville qui porte un nom de chien, la maison ne s'éloigne pas vraiment : elle rétrécit. Tandis que le soleil faiblit, se fait déchiqueter par les crêtes, elle rapetisse encore. La voilà semblable à un chalet de jardin, puis à un modèle réduit d'architecte. La voici lilliputienne, interdite à l'homme-montagne de Gulliver. Ce n'est plus qu'un dé, ce n'est plus qu'un point qui disparaît. Manuel, alerté par l'invraisemblance même de son rêve, rouvre les yeux.

Où est-il donc ? La lune irradie faiblement les franges d'un rideau analogue à tant d'autres. La chambre n'offre en sa partie haute qu'un plafond anonyme : une surface de plâtre enfu-

mée d'ombre sur quoi — ou plutôt sous quoi —
— s'abaisse — ou plutôt s'élève — un trait noir
terminé par un rond noir qui doit être une
lampe éteinte. Dans cette pièce où flottent des
relents d'éther, qui soigne qui ? Encore un petit
effort pour sortir de la confusion, pour se réincarner dans un corps douloureux, pour soule-
ver une tête si lourde qu'on la croirait détachée
d'une statue de bronze. Maria dort au ras du
plancher, et forcément le malade, c'est lui,
Manuel Alcovar qui, pour le malheur de cette
fille, ne lui a pas été indifférent.

*

Il n'y a pas eu, il n'y aura jamais de Mexique.
Manuel, dont le bras n'est pas moins pesant,
consulte le cadran lumineux de sa montre-bracelet dont le battement pressé s'accorde à celui
de sa carotide. La petite aiguille est sur le quatre, la grande sur le deux. Puisque Maria dort,
il est donc quatre heures dix du matin, et lui-
même assommé par la morphine ou quelque
drogue de ce genre, est passé sans le savoir du
dimanche au lundi.

Le responsable de la piqûre, peut-être suivie
de quelques autres, s'appelait-il Gorm ou
Storm ? Il avait un regard bleu : quelque chose
d'analogue à deux de ces boules de lessive que
Mme Alcovar, sa mère, employait jadis pour
azurer son linge, saillait dans son visage et,
tout autour, une forêt blonde laissait filtrer un
anglais approximatif mélangé à une très précise odeur de whisky. A peine poli, se grattant

les cheveux d'où tombait une fine pluie de pelli-
cules, il a commencé par bredouiller une série
de questions banales qu'Olivier traduisait pour
Maria, comme les réponses, avec un certain
embarras. Puis ses mains se sont mises à glisser, à palper, à tâter, intolérables quand le
pouce s'enfonçait sur un point précis. Enfin il a
marmotté :

« La première chose à faire, mon vieux, c'est
de vous soulager. »

Il n'était pas très ferme sur ses jambes
quand il a tiré d'une sacoche un *plastipak* où se
lisait en rouge la recommandation *Destroy
after single use*. Néanmoins il a retiré la serin-
gue, décapuchonné l'aiguille et, laissant à Maria
le soin de limer une ampoule, il en a lentement
aspiré le contenu. La pointe tremblotait, tandis
qu'il repoussait le piston, et c'est un petit jet
qui lui a sauté au nez après l'expulsion de la
dernière bulle d'air.

« Ne vous retournez pas », a-t-il dit, voyant
que Manuel faisait un pénible effort pour lui
présenter une fesse.

Il s'est repris à deux fois pour piquer dans la
cuisse trop près d'une veinule et, mâchonnant
avec dépit des poils de sa moustache, il a dû
tamponner un filet de sang avec un morceau
d'ouate :

« Le docteur n'a pas eu le temps de déjeuner,
a dit Olivier. Un café noir lui ferait du bien. »

C'est alors que le temps et la douleur, intime-
ment mélangés, ont commencé à se dissoudre.
Maria remuait des tasses dans la cuisine, revenait jeter un coup d'œil, repartait, lâchait son

mot dans une conversation dont il était inutile d'entendre quoi que ce fût pour en deviner la teneur. L'opinion du patient était faite; elle l'inquiétait à peine; il se dédoublait, incertain d'être objet ou sujet, délivré de l'angoisse au bénéfice d'une mince curiosité. Advienne que pourra! L'air perdait sa transparence, se vitrifiait, troublant les contours, mais portant mieux le son comme si en plein jour il redevenait nocturne; et n'était-ce pas le cas, en somme, lorsque ce glissement de semelles, ramenant tout le monde dans la chambre, s'est arrêté sur un chuchotement :

« Il dort déjà ! C'est vrai que je n'ai pas lésiné sur la dose. »

C'était à peine une ruse. La simple pesanteur peut vous clore les paupières et les plomber si fort qu'elles ne cillent plus quand vos oreilles n'ont pas renoncé. On triturait de nouveau ce ventre si dur qu'il sonnait comme une planche sous la percussion du doigt. On émettait un de ces chuintants soupirs qui n'ont besoin d'aucune traduction. On s'éloignait un peu — pas assez — pour un ultime conciliabule. D'un hachis de murmures découragés se sont dégagés des lambeaux de phrases :

« Non, je vous le répète... S'il s'agissait d'une simple appendicite, je tenterais le coup... Mais une perforation, c'est une tout autre histoire ! »

Le reste, progressivement enfoui dans une sorte de fading, n'avait plus d'intérêt. Le barbu ne cherchait pas à rassurer le client :

« Une injection de pénicilline dans le péritoine, ça, je peux. Mais vous savez... »

Il s'est décidé en fin de compte à déchirer un autre *plastipak*, il a tenté quelque chose dans cette région sacrée du nombril, là où l'enfant Manuel s'attachait à sa mère par un cordon qui ne resserre jamais. Un médecin, même quand il vient de vous condamner à mort, vous ne l'empêcherez pas de mériter sa présence en essayant de prolonger la vôtre, fût-ce contre votre gré. *Merci, docteur,* a dit Maria d'une voix glacée, avant qu'un linceul de silence ait recouvert ce cadavre provisoire mimant — au souffle près — le définitif. Après tout on peut le répéter : merci, docteur, ce n'était pas un répit inutile.

*

Ne pas bouger, surtout. Ne réveiller personne. Quand votre compte est bon, examinez un peu celui des autres. Une péritonite, ça peut vous laisser quelques jours, mais rien n'est moins certain. En mettant les choses au mieux, Olivier, survolant l'Atlantique, ne craindra plus rien. Reste Maria à qui on peut faire confiance : elle ne bougera pas d'un pouce avant la mort d'un homme qui a déjà si bien ravagé son existence; elle ne bougera pas davantage ensuite. Voudrait-elle lui rendre secrètement les derniers devoirs qu'elle ne le pourrait pas. Un cadavre, Prelato le dirait, c'est affreusement encombrant. Qui oserait imaginer Maria en train de charrier, toute seule, un corps de soixante-dix kilos ? Qui oserait l'imaginer en train de creuser dans le jardin, sous les yeux des voisins, un trou de deux mètres pour enfouir décemment son proscrit ?

Mais Prelato le dirait aussi : là où il n'y a pas de cadavre, de quoi s'occuperait-il ? Manuel Alcovar est un disparu. Il n'a pas de raisons de se trouver ici plutôt qu'ailleurs; il en a d'excellentes de se trouver ailleurs plutôt qu'ici. Mort pour mort, il convient, M. le sénateur, d'aller lâcher votre dernier soupir là où Maria ne saurait être accusée de crime d'assistance à un ennemi public. Quand Olivier, le samedi soir, est venu annoncer la visite d'un médecin, Manuel estimait déjà que personne ne pouvait plus rien pour lui. Il peut se féliciter de ne pas avoir cédé à la tentation de « recommander » Maria à ses hôtes. Ils auraient pu comprendre que sa résolution était prise et lui faire échec. Ce qu'il a déjà tenté une fois avec trop peu de conviction pour courir — alors qu'il en avait la force —, ce qu'il a tenté avec assez de regret pour se laisser rattraper et ramener par Maria, c'est dans l'état où il est, au besoin en se traînant sur les genoux, qu'il faut y parvenir.

Avec simplicité. Sans laisser de trace ni de message. Ce ne sera pas facile. Depuis trois semaines pressentant son sort final, il s'est gardé d'y réfléchir. Mais la peau du dos toute frissonnante à la seule idée de la torture, il n'a pas évité quelques cauchemars qui lui ont laissé des doutes sur ce qu'il pourrait montrer de courage en pareil cas. Il n'appartient pas à cette race de fous héroïques capables de s'arroser d'essence et de se faire flamber sur une place publique pour déshonorer Caïn. Il n'appartient pas davantage à celle des fabricants de bombes artisanales dont le rituel exige que soient foudroyés ensemble le tyran et le justicier. Mourir pour une fille en se laissant ramasser par une patrouille qui vous fera grâce en vous fusillant vite au lieu de vous laisser crever dans la sanie d'une infecte agonie, c'est assurément moins flatteur.

Mais quoi! Il ne s'agit pas de mourir *pour* Maria; il s'agit de mourir *sans* Maria, de lui faire accessoirement cadeau de la vie. S'il y a autant d'honneur que de bêtise à périr pour une cause perdue — qui ne l'est d'ailleurs que pour un temps, dans une partie du monde —, s'il est absurde d'aller au-devant de son assassin, il ne l'est plus de le priver d'une victime. Il ne l'est plus de laisser quelqu'un derrière soi. Si notre survie — la seule certaine — c'est la durée du souvenir laissé à qui nous aime, en prendre soin, n'est-ce pas le plus bel égoïsme?

*

La lune tourne. Adieu Maria. Blessée, bien sûr, elle va l'être, mais seulement blessée. En amour, disait-elle, deux moins un, c'est égal à zéro. Pour deux vivants qui se séparent, nul doute. Mais si l'un disparaît qu'au moins l'autre subsiste! Quel est ce « bel égoïsme » dont il se pare encore? On ne voue pas celle qui vous perd à ce chœur des veuves assurant cette vague symbiose d'une vivante et d'un mort. Pourquoi le peu de bonheur qui nous fut consacré exigerait-il une longue veillée funèbre?

Maria a soixante ans de vie devant elle. Il n'y a qu'un testament généreux : oublie-moi et qu'un nouvel amour, en toi, devienne l'enfant du nôtre !

La lune tourne. Il serait imprudent d'attendre que la bande lumineuse, parvenue à mi-corps, atteigne le visage de Maria et la réveille. Son acharnement l'aura sauvée. Surprise par le sommeil, elle dort tout habillée, une paume sur un sein qui se soulève et plus lentement retombe, tandis que l'autre main, déjà éclairée, égrène ses doigts sur la couverture à carreaux espacés comme ceux d'un treillage à chasselas.

Ne pas la regarder davantage. Ne pas la regarder davantage. *Je voudrais te faire autre chose, témoignant de ce que tu m'es...* En voici l'occasion. Manuel a repoussé le drap. Il s'est soulevé sans bruit, centimètre par centimètre; il s'est assis sur le bord du lit; il hésite à se mettre debout de peur de s'écrouler. La douleur n'est plus du genre coup de lance; elle l'encastre dans une sorte de corset de fer à pointes tournées vers l'intérieur; elle est tolérable, puisqu'il le veut. Mais il se sent plus mou que cire fondante. Tout empoissé de sueur dans le pyjama dont bâillent le col et la braguette, il grelotte. Vraiment il était temps : dans un jour ou deux, sans doute, il n'aurait pu bouger. D'un lent effort des reins il se lève, il flageole, il bat des bras, il s'accote d'une main à la cloison, il la suit, il commence à faire le tour de la pièce en posant un pied nu, puis l'autre, sur un parquet qui par bonheur ne craque pas.

Périple silencieux, interminable, qui réclame

des stations, des repos affolés par la crainte de réveiller Maria. La commode doit être contournée. La porte — restée entrouverte pour appeler au besoin Olivier — sera saisie par la tranche pour servir de point d'appui et contrainte à tourner, lentement, lentement, afin d'éviter la trahison des gonds.

Alerte! Sur son lit Maria vient de se retourner. Les tempes de Manuel, cramponné au chambranle, deviennent sonores. Mais il pivote sans regarder derrière lui; il s'engage dans le couloir pour y petonner, l'épaule contre la cloison, jusqu'à la porte d'entrée dont la clef, engagée dans la serrure, est toujours associée à sa sœur, la clef de la grille.

*

Elle se retournait, Maria, c'est tout. Puisse-t-elle aussi se retourner de l'autre côté de sa vie où il ne l'accompagnera plus! Quatre heures et demie. C'est vers cinq heures en général que dans ces parages passe la troisième ronde. Manuel est en train de réussir et le succès même, pour un peu de temps, lui redonne des forces.

Son plan n'était pas si fou. Il a ouvert la porte en faisant bien attention à ce que les clefs ne tintent pas. Toujours instable, obligé à des pauses de chemin de croix, il a glissé vers le garage en s'accrochant au crépi; il a saisi le vélo.

Un vélo? Dans son état? Justement un vélo, pour traverser le jardin, c'est d'abord une béquille. Qui n'a pas vu d'ivrogne appuyé de biais sur un guidon progresser vers un nouveau bistrot ? Qui ne l'a pas vu en ressortir et, enfourchant son engin, tanguant un peu au départ, profiter finalement d'un équilibre qui ne doit rien à l'effort et tout à l'habitude ? Le quartier haut, c'est le mirador de la ville. La rue descend, fort raide, vers l'avenue de l'Indépendance qui, elle-même, descend vers le centre.

Le plus difficile a été de passer la grille et surtout de se mettre en selle, de donner ces premiers coups de pédale qui lui arrachaient les entrailles, mais qui lui permettent maintenant de filer en roue libre sur la pente qui plonge vers le quartier bas. Il sera bon de freiner dans les lacets. De freiner doucement : car s'il tombe, Manuel ne se relèvera pas et la sécurité exige qu'il aille le plus loin possible.

La sécurité ! Mot plaisant quand, du sens ordinaire, il passe à celui qu'il lui donne. Qu'a-t-il à craindre sauf d'être surpris trop tôt par ceux qu'il va rejoindre. S'il était vide comme un poulet paré pour la broche, s'il était débarrassé de son ventre, il serait presque joyeux. Le couvre-feu dégage si bien les rues qu'il ne risque pas de voir son élan coupé avant deux kilomètres. Il est libre : comme la roue qui, au-dessous de lui, mouline son ronron métallique. Il est un défi ambulant : à la maladie, au bon sens, à l'ordre établi. Cette bonne bicyclette dont le moteur est son propre poids — honneur à toi, gravité, qui nous abandonneras bientôt au royaume de l'impondérable ! —, cette bonne bicyclette atteint déjà l'avenue de l'Indépen-

dance tant de fois descendue par les cortèges.
Entre les immeubles qui ont remplacé les villas, entre les trottoirs que fractionnent — un
réverbère, un arbre, un réverbère, un arbre —
des zones d'ombre et de lumière, défile un peuple de fantômes précédé d'invisibles bandero-
les. Me voici, les amis, me voici ! Excusez mon
retard !

Il va, il va. Sur cette longue ligne droite dont
la déclivité dépasse le huit pour cent, le vélo
accélère. Les pneus chantent. L'air s'engouffre
dans le pyjama de Manuel dont la poitrine se
glace. Il rit. Qu'a-t-il à faire d'une bronchite,
voire d'une congestion pulmonaire ? Il rit. Figu-
rez-vous qu'il est un des rares hommes capables de prédire le jour de leur mort. Il rit.
Faute d'avoir braqué la roulette de la dynamo
sur la jante, il roule sans feux : il est passible
d'une contravention pour défaut d'éclairage. Il
rit. Quand on parle du loup, on en voit la
queue. Durant une fraction de seconde, à un
croisement dont le signal était à l'orange — *à
l'ambre,* comme dit Selma, bonne Scandinave
—, il a pu apercevoir une jeep qui s'éloignait
dans une rue transversale. Une minute plus tôt,
il lui rentrait dedans. Certes, il n'a pas de destination précise, mais ce vélo est peut-être capable de franchir sur son erre le long palier qui
mène à la place de la Liberté. La place où il a
connu Maria. La place où elle s'est assise sur
un banc, devant la statue. La place où Manuel,
couché sur ce banc en attendant la suite, ne
serait pas fâché de rendre à l'une comme à l'autre l'hommage qu'elles méritent. Quand on n'a

rien de mieux à s'offrir, les symboles ne sont plus des attrape-nigauds.

Un coup de sifflet déchire la nuit dont une grande débauche de néon souligne l'aspect désertique. Un coup de feu suit. Un seul. A trois ou quatre rues de là on a descendu ou manqué un rôdeur. Le vélo ralentit en abordant le plat. L'équilibre, vertu du mouvement, devient moins bon. Attention ! Le bâtiment à droite, c'est le palais du Sénat. Tenir droit, à tout prix. Ne pas bouger d'une ligne. Respirer largement : c'est un exercice dont il sera loisible de s'abstenir sous peu, mais qui demeure nécessaire pour fournir au sénateur l'oxygène du dernier effort.

Encore cent mètres. Encore cinquante. Le cliquetis de la roue libre se desserre. Il faudrait aider cet engin à bout de course, mais celui qui le monte est à bout de souffle, et son pied nu mordu par les dents de la pédale précipite la chute qu'illustrent un grand bruit de ferraille et des jurons divers. Le vélo peut bien rester sur place. Manuel ne se relève pas, mais rampe vers cette géante à forme humaine qui, comme lui, se moque de l'état de siège. Il se l'était bien dit que pour atteindre son but il devrait au besoin se traîner sur les genoux.

XXII

Le vent s'était levé : non pas cette forte brise, bien étoffée, recousue sans fin par les aiguilles de pin du parc, mais une bourrasque inégale procédant par rafales, par tourbillons, secouant les volets et faisant battre la porte d'entrée, restée ouverte.

Ainsi réveillée et confrontée au lit béant, Maria avait tout de suite compris, et la stupeur, l'admiration, la colère s'étaient succédé en elle. Ce héros, ce salaud, il avait osé l'écarter, il avait osé écourter ce peu de temps qui leur restait à vivre ensemble. La part faite au courage, la part faite au délire, celle de l'offense balançait celle du dévouement. Elle en demeurait comme paralysée :

« Olivier! Olivier! » gémissait-elle.

Et pour elle-même, à voix contenue :

« Si ce n'est pas sa vie qui l'intéresse, mais la mienne, j'en ai autant à son service! »

Le ressort du sommier dans la chambre voisine lâcha son habituel do dièse. Olivier apparut, les yeux bouffis, la main étouffant un bâillement :

« Vous n'allez pas me dire qu'il a pu...

— J'avais accepté l'exil, dit Maria, mais pas cet exil-là. »

Les bras ballants, très « Gilles », Olivier ne sut que murmurer :

« Il a voulu vous épargner.

— C'est bien ce que je lui reproche. »

Ingrate, égarée, soupçonnant qu'Olivier ne restait pas pour rien en travers de la porte, Maria enfilait nerveusement ses chaussures. Quand on s'y refuse pour soi-même, a-t-on le droit d'épargner l'autre malgré lui ? Qui peut dire de quel côté est le moindre sacrifice ? L'amour n'a pas de reliques. Est-ce que la nature s'est jamais préoccupée de sauver ses réussites ? Cette fleur rose qui naissait, à la fenêtre de Mme Gallo, d'un banal cactus rond à douze côtes, cette fleur royale qui allongeait un cornet follement lamellé, étaminé, parfumé, sonnant pour un seul jour sa propre gloire, aurait-elle pu redevenir bouton ? Les papillons, rhabillés d'arc-en-ciel, retournent-ils à la chenille ?

« Il n'a pas dû aller bien loin. Si ça se trouve, il est dans le jardin », fit Olivier.

C'était ce qu'il ne fallait pas dire. Ouvrant la fenêtre, Maria sautait déjà. La première chose qu'elle aperçut dans l'ombre, ce fut une tache blanche : le mouchoir de Manuel tombé de sa poche à l'entrée du garage. Elle y courut tout droit. Près de la voiture assoupie sur ses pneus dans une fade odeur d'huile, il n'y avait plus qu'une bicyclette : celle de Selma. Quand Olivier, craignant pour ses pieds nus et qui avait pris le temps de mettre des savates, déboucha sur le seuil, Maria passait la grille :

« Revenez, c'est de la folie! cria-t-il. Vous n'avez pas une chance de le retrouver et, si vous y arrivez, vous ne pourrez pas revenir. »

Maria lui accorda un regard, puis un geste de la main, mais ne répondit pas. D'un léger saut qui fit voler de la jupe, elle s'était mise debout sur les pédales et poussait à s'en tordre les chevilles. Olivier trotta jusqu'à la rue pour la suivre des yeux. Assise enfin, cheveux au vent, elle filait, aspirée par la pente et lui confiant le soin de la conduire.

XXIII

BEAU tête à tête entre un homme et une statue. A vrai dire la statue a l'avantage du bronze : elle se tient très convenablement sur son socle d'où le général président ne saurait la précipiter : il a trop besoin d'alibis. *Place de la Liberté* alors qu'elle est supprimée, *avenue de l'Indépendance* alors que ce pays a toujours été dépendant de l'étranger, *avenue de la Constitution* alors qu'il en a changé dix fois et que la dernière a été abrogée sans être remplacée... On ne débaptise pas ! Les mots sont précieux pour couvrir − un peu partout − leur négation. L'homme affalé, innommable, qui vient de recommencer à vomir, qui déshonore cette place solennelle, en serait-il le plus juste ornement ? Il maugrée :

« Ces messieurs se font attendre ! »

La statue n'engagera pas le dialogue. C'est un miaulement rauque, hargneusement langoureux, qui s'en charge. Manuel est entouré de chats qui trottinent, qui voltent, qui crachent, qui se poursuivent, excités par leur fumet et brasillant du phosphore. Un chien est passé tout à l'heure : lui non plus ne se préoccupait

pas des patrouilles, comme les ignorent les arbres, très sédentaires, qui font le tour de la place
et les oiseaux, très migrateurs, qui y juchent
pour une nuit, en silence, mais se signalent
de temps à autre par la chute d'une crotte sur
l'asphalte grâce à eux parsemé d'étoiles blanches.

Cependant les voici qui s'agitent, les oiseaux;
les voilà qui battent des ailes à travers les feuilles et s'échappent. Ils sont cent, ils sont mille
qui criaillent, palpitent et tournoient, indécis,
dans cette zone violette où se délaie la lueur
des lampadaires à trois globes. Du fond de
l'avenue de la Constitution monte un gronde-
ment qui s'amplifie très vite, qui devient un
fracas, un chœur de pétarades et de cliquetis
graisseux :

« Tout ça pour moi ! » dit Manuel, soulevant
la tête et battant des cils.

Non, le convoi qui file à bonne allure ne fera
que traverser la place. Manuel — qui se souvient des commandes d'armement, très éclec-
tiques — reconnaît deux M-60, un *Cheftain*
britannique à long tube, un *Leopard* de la
RFA, des véhicules de reconnaissance ou
d'accompagnement, des amphibies, des obu-
siers automoteurs. Ces grosses bêtes à peau
d'acier reviennent-elles d'un coup dur en province ? Y vont-elles ? Un nouveau général se
lance-t-il, aux aurores, à l'assaut du palais où
ronfle le précédent ? La force ne connaît jamais
de repos, mon général ! Comme disait le far-
ceur, on peut tout faire avec des baïonnettes
sauf s'asseoir dessus.

Mais de toute façon ces braves, charriant

216

leur gros tonnerre, ne sauraient s'arrêter —
s'ils l'ont vu — pour ramasser un pauvre bougre. Ils font le gros, ils ne font pas le détail. Le
dernier engin — un poseur de pont, dont la
présence plaide en faveur d'un raid sur une
ville insoumise — lâche encore quelques pets
brûlants et disparaît. Le vacarme s'apaise; les
oiseaux retrouvent leurs branches, Manuel sa
solitude. Quelques lampes, qui transformaient
des persiennes en échelles lumineuses, s'étei-
gnent. Il est cinq heures cinq. Que fait Maria?
Dort-elle encore?

« Si elle est réveillée, elle doit me détester!
dit Manuel qui a besoin d'entendre le son de sa
voix. Pourtant nous aurions pu être séparés de
façon plus médiocre. »

Le hoquet le reprend, le déchire. Se doper, ce
n'est pas se duper quand on s'adresse à certaines évidences. Le désir fatigué, les corps qui
s'habituent à s'habiter comme des apparte-
ments, la femme qu'on imagine et qu'on épouse
pour en retrouver une autre — qui était la vraie
—, le souci d'être à soi qui déborde le souci
d'être à l'autre, la tendresse écorchée, bafouée
par la chamaille, ô Maria, nous ne les connaîtrons pas. Les dettes, les horaires, les fins de
mois, les tracas de maison, la folie des bibelots,
les soucis d'entretien, d'établissement ou de
fortune, la rage de posséder, nous ne les
connaîtrons pas. Qu'y a-t-il là de si regrettable?
Un couple s'use toujours et toujours se dislo-
que. Il n'y a pas d'amour qui ne soit un drame,
puisqu'il n'a le choix qu'entre deux fins : ou
l'oubli ou la mort. Le nôtre, intense et bref,...

« Imbécile ! » crie Manuel.

Il se tord. L'effort qu'il a fait pour descendre du quartier haut a sûrement achevé le travail de ce bout de boyau crevé, en généralisant l'infection. La dernière piqûre ne fait plus d'effet. Son ventre n'est plus qu'un sac de braise : de cette braise d'enfer dont l'aumônier de l'orphelinat, distributeur d'images pieuses à insérer dans le livre de messe, disait qu'elle brûle sans consumer. Imbécile ! Ce n'est pas le moment de s'exciter sur de beaux prétextes. Maria est à l'abri, bon, c'est déjà ça. Mais le reste n'est qu'un échec. Un double échec. En perdant la partie, le politique condamne aussi l'amant. S'il n'y a pas d'amour fossile, il n'y a pas davantage d'amour éclair. L'intense n'exige le bref que pour les voyeurs, calés dans leur fauteuil devant le petit ou le grand écran où passe le film contraint d'atteindre *the end* en quatre-vingt-dix minutes. Une cause, une passion, c'est un combat contre le temps. N'est bel et bon que ce qui dure autant que ça peut durer. Une cause, une passion perdues, deux feux éteints, c'est trop pour qui ne croit qu'à la terre. S'il n'y a pas de survie, un chrétien peut bien perdre sa mise : il ne le saura pas. Mais les autres...

Manuel vomit encore. La nuit commence à s'affadir. La lune s'est lentement empalée sur un clocher lointain qui la pénètre et la divise en deux portions inégales. Une chatte, serrée de près par un matou, feule sourdement sous la statue. Un petit vent sec soulève des papiers gras, secoue les arbres qui torchonnent le vide. Un léger friselis rase la chaussée :

« Chef ! Chef ! Regardez à droite. Il y a un type en pyjama qui est en train de dégueuler sur le troisième banc, fait une voix, jeune et très excitée.

— Encore un ivrogne ! » fait une autre voix, grasse et dédaigneuse.

Une torche électrique plaque au sol un cercle éblouissant qui s'agrandit et s'ovalise en zigzaguant vers le banc pour aller sanctifier d'une auréole la tête du délinquant.

« Ne bouge pas, toi, ou tu es mort ! décrète une troisième voix. Un ivrogne, un ivrogne... C'est vite dit. Ce paroissien me rappelle quelqu'un. Matuz, passe-moi les photos. »

*

Voilà l'épreuve de vérité dont la bourrasque a camouflé l'approche. Ces messieurs sont arrivés par-derrière, ce qui oblige Manuel à tordre un peu le cou pour les observer du coin de l'œil.

A quinze mètres est arrêtée une voiture bizarre qu'on a dû bricoler au lendemain du putsch pour mettre ses occupants à l'abri des tireurs embusqués sur les toits. Renforcée par une épaisse plaque de tôle débordant la galerie, elle est dotée de volets pare-balles à charnières qui peuvent s'abaisser sur les flancs ou sur le capot — comme ils le sont d'ailleurs présentement. Quatre carabiniers y sucent quatre cigarettes qui de quatre points rouges percent leur fumée. Ces défenseurs de l'ordre sont prudents : sous les casques on ne voit guère que des nez proches de la ligne de mire d'un fusil-mitrailleur. Une longue antenne oscille au flanc

219

du véhicule dont le plafonnier vient de s'allumer, éclairant un rougeaud qui siège à côté du chauffeur et dont le regard fait le va-et-vient entre l'homme du banc et les photos qu'il compulse. L'une d'elles retient son attention. Il en crache son mégot et lance, sidéré :

« Pas possible ! »

C'est sûrement le chef : un quelconque sergent. Sa bouille mal rasée où roulent des yeux blancs irradie sur deux orbes de menton un sourire extasié :

« Bon Dieu, les gars, on a gagné le gros lot ! C'est Manuel Alcovar. Une prise pareille, ça vaut bien une médaille.

— Il semble en piteux état, dit le chauffeur.

— Je crains pour lui que tout à l'heure il le soit davantage ! éructe le rougeaud qui se retourne vers l'arrière où ses hommes ont déjà les mains sur les poignées : Non, personne ne descend ! Je téléphone. Alcovar a droit à la mention : *en référer d'urgence.* Attendez les ordres et surveillez le bonhomme. Je ne serais pas étonné s'il avait droit à un traitement spécial. »

Il saisit l'appareil, il ajoute sans fournir d'explication :

« Gardez la torche braquée, mais éteignez tout le reste... Allô ! Ici, le dix-neuf. Vous m'entendez ? Ici le dix-neuf... »

*

Manuel essaie en vain de se redresser. Il finit par y renoncer. A quoi bon épier ces brutes entre les mains de qui, après tout, il a remis

220

son sort? Le plus drôle serait qu'on leur ordonne de le conduire d'abord à l'hôpital. Les civilisés, en principe, remettent en état les condamnés à mort, la loi ne leur permettant d'exécuter qu'un homme en bonne santé. Ce n'est pas tellement la tradition locale. Mais requinquer le prisonnier pour lui donner les moyens de résister à l'interrogatoire « poussé au troisième degré », ça se fait partout. Dangereux sursis! Que répondre à la question : où étais-tu depuis vingt-six jours? Heureusement il est peu probable que le « traitement spécial » comporte de longs délais; il doit plutôt recommander discrétion et rapidité. Obtempérant sans doute à un avis expédié par radio, le sergent — qui n'en finissait d'expliquer son affaire — appelle à tout hasard :

« Manuel Alcovar!

— Présent!

— Il se fout de moi ou quoi? gronde le sergent. Enfin le principal, c'est que ce soit bien lui. »

Il fallait le rassurer. Cette chiffe vautrée sur un banc maculé de vomissures, n'en doutez pas, sergent, c'est bien Manuel Alcovar qui le regrette infiniment : la situation mériterait plus de panache. Et même plus de courtoisie. On aimerait demander à ce pauvre sous-off, mal payé, rudoyé, le sentiment qu'il éprouve devant la perspective de liquider un homme qu'il ne connaît pas, qui ne lui a rien fait, qui souhaitait seulement d'apporter à tous — soldats compris — un peu plus de bonheur. On aimerait, comme Thomas More sur l'échafaud, plaisanter avec ce bourreau presque innocent qui grogne, dépité :

« C'est bien ce que je pensais. Personne n'a envie de faire un procès à cet animal-là : il s'en ferait une tribune. Mais ni vu ni connu, pas un mot là-dessus, la médaille on peut se la foutre au cul et c'est toujours à nous de faire le sale boulot. Ne rallumez pas surtout... »

Allons! Ce sera la fosse commune, l'anonymat de la pourriture. Bah! Toute la terre pour mausolée, ce n'est pas si mal. Au bout de quelques mois, là-dedans, amis, ennemis ce ne sont plus que des os d'*homo sapiens* qu'on retrouvera peut-être dans dix mille ans qu'on nettoiera au grattoir, au petit pinceau, avec le même soin, la même curiosité que déploient aujourd'hui les spécialistes du Neanderthal. Nausées, regrets, angoisses, deuils, défaite, damnation du cœur et du corps, finissons-en. La meilleure laparotomie du monde, c'est...

« Chef! crie le chauffeur. Non, mais regardez celle-là. Quel culot! »

Il se passe quelque chose. Le sergent hurle à son tour :

« Attendez! On ne veut pas de témoins. Tant pis! Laissez passer cette folle. »

Pour la dernière fois Manuel relève la tête. La folle est en robe grise à parements grenat. Elle pédale, elle pédale. Elle débouche de l'avenue de l'Indépendance et, travaillant du pouce le timbre de son vélo, elle sonne, elle sonne pour que nul n'en ignore :

« Non! » crie Manuel.

Elle arrive, elle saute en marche et le vélo va s'écraser sur un tronc d'arbre au pied de quoi une roue continue à tourner dans le vide, à faire entendre sa petite chanson de moyeu. Je t'ai fait cadeau de la vie, tu me fais cadeau de ta mort : c'est absurde. Si tu n'avais pas laissé les clefs sur la porte, si j'avais bifurqué dans n'importe quelle rue latérale, nous ne serions ici ni l'un ni l'autre : c'est absurde. Avoir tout fait pour éviter cela et, par une étrange contradiction, vivre l'approche la plus voisine du bonheur, vivre ce moment qui vaut la peine d'avoir vécu, le connaître parce qu'il sera aussi le dernier : c'est absurde. Mais comme c'est bon! Maria n'a jeté qu'un coup d'œil indifférent à la voiture. Elle est assise sur le bord du banc, elle a pris la main de Manuel qui souffle :

« Relève-moi, si tu peux. »

Le vent met à profit une très longue minute pour transporter plus loin de la poussière. Le sergent, encore une fois, rend compte. Enfin il tousse et dit d'une voix enrouée :

« Vous m'avez bien compris? Ils cherchent à s'enfuir. Nous sommes obligés de faire usage de nos armes.

— Et la fille? fait le chauffeur.

— Dommage! Mais elle est sa complice, et les mortes, elles non plus, ne parlent pas. »

Manuel est relevé. Pour qu'il ne s'effondre pas, Maria s'appuie de biais contre lui. Cheveux mêlés, ils ont fermé les yeux : ce qui se passe en face ne les intéresse plus. Maria, qui n'a pas dit un mot, bouge imperceptiblement les lèvres. D'un bout de la place à l'autre l'écho va se répercuter, faire trembler quelques vitres, et les oiseaux encore une fois vont s'envoler dans une aube grise trouée de courtes flammes.

DU MÊME AUTEUR

Aux Éditions du Seuil :

AU NOM DU FILS, roman, 1960.
CHAPEAU BAS, nouvelles, 1963.
LE MATRIMOINE, roman, 1967.
LES BIENHEUREUX DE LA DÉSOLATION, roman, 1970.
JOUR, poèmes, 1971.
MADAME EX, roman, 1975.
TRAITS, poèmes, 1976.
UN FEU DÉVORE UN AUTRE FEU, 1978.
L'ÉGLISE VERTE, 1981.

Aux Éditions Bernard Grasset :

VIPÈRE AU POING, roman, 1948.
LA TÊTE CONTRE LES MURS, roman, 1949.
LA MORT DU PETIT CHEVAL, roman, 1950.
LE BUREAU DES MARIAGES, nouvelles, 1951.
LÈVE-TOI ET MARCHE, roman, 1952.
L'HUILE SUR LE FEU, roman, 1954.
QUI J'OSE AIMER, roman, 1956.
LA FIN DES ASILES, essai, 1959.
PLUMONS L'OISEAU, essai, 1966.
CRI DE LA CHOUETTE, roman, 1972.
CE QUE JE CROIS, essai, 1977.

« Composition réalisée en ordinateur par IOTA »

IMPRIMÉ EN FRANCE PAR BRODARD ET TAUPIN
7, bd Romain-Rolland - Montrouge - Usine de La Flèche.
LIBRAIRIE GÉNÉRALE FRANÇAISE - 14, rue de l'Ancienne-Comédie - Paris.

ISBN : 2 - 253 - 02416 - 3   Ⓗ 30/5367/5